Frau L. hat sich eine Glucke und zwölf Eier zugelegt, um in Eigeninitiative dem leidigen und zeitraubenden Problem der Nahrungsbeschaffung beizukommen. Aber wie groß ist der Schrecken der Philosophieprofessorin, einer Kapazität auf dem Gebiet der »Entwicklung atheistischer Ideen im europäischen Denken«, als sie nun statt der erwarteten Küken ein Dutzend rosiger und flaumweicher geflügelter, aber keiner der üblichen Sorten von Federvieh ähnelnder Geschöpfe sich in ihrer Minifarm auf dem Balkon tummeln sieht. Kein Zweifel, die exotischen Tierchen erinnern verdächtig an gewisse himmlische Wesen, wie man sie aus Malerei und Dichtung kennt, und ein Blick in Kunstbände über die alten flämischen und italienischen Meister bestätigt denn auch die bange Vermutung – es sind richtiggehende kleine Engel, obendrein in biblischer Zwölferschar, die ihr da eine höhere Macht beschert hat.

Wie »Nutzgeflügel« münden auch die vier übrigen in diesem Band enthaltenen Erzählungen der rumänischen Schriftstellerin Ana Blandiana (geb. 1942) ins Phantastische. Es sind merkwürdige, von eindrücklichen Szenerien, Stimmungen und bewegenden Bildern erfüllte Geschichten, in denen sich Realität und scheinbar Übernatürliches, Alltag und Traum, authentisches Erlebnis und Visionäres auf eine eigene Weise vermischen.

›Volk und Welt Spektrum‹ 238
Erzählungen

Ana Blandiana

Kopie eines Alptraums

Verlag Volk und Welt
Berlin

Aus dem Rumänischen von Veronika Riedel

ISBN 3-353-00322-3

1. Auflage
© Verlag Volk und Welt, Berlin 1988
(deutschsprachige Ausgabe)
L. N. 302, 410/36/88
Originalausgabe: *Proiecte de trecut*, erschienen im Verlag
Cartea Românească, Bukarest 1982
Printed in the German Democratic Republic
Alle Rechte vorbehalten
Einbandentwurf: Lothar Reher
Satz, INTERDRUCK Graphischer Großbetrieb Leipzig – III/18/97
Druck und Einband: LVZ-Druckerei »Hermann Duncker«, Leipzig
LSV 7251
Bestell-Nr. 648 887 3

00360

Nutzgeflügel

Als Frau L. beschloß, von sich aus etwas für ihre Selbstversorgung zu tun und auf ihrem Balkon eine Henne zu halten, konnte sie nicht ahnen, wie schwer sich ein solches Vorhaben in die Tat umsetzen ließ und zu welch ungeahnten und verwirrenden Folgen das führen würde. Zunächst war da das Problem, eine Glucke aufzutreiben, das lange im theoretischen Stadium verblieb, da ihr niemand einen Tip geben konnte, wohin sie sich mit ihrem Anliegen wenden sollte. Als sie dann zu diesem Zweck die Dörfer rund um Bukarest abzuklappern begann, erntete sie mit ihrem Einfall spöttische Verwunderung bei den Bauern, die nicht nur den Verdacht von sich wiesen, möglicherweise eine Glucke zu besitzen, sondern sich auch nicht erinnern wollten, je eine besessen zu haben. Schließlich wurde die Angelegenheit auf eine etwas ausgefallene Weise gelöst, nämlich mit Hilfe einer geliehenen Glucke von einem alten Mütterchen, das insgesamt zwar vier Hennen besaß, sich aber von keiner trennen wollte und nur auf Drängen der Schuldirektorin, einer früheren Kommilitonin von Frau L., mühsam zu bewegen war, wenigstens zeitweise auf eine von ihnen zu verzichten, gegen eine Miete, die drei- oder viermal über dem Wert der Glucke lag. Eier freilich, befruchtete Eier wohlgemerkt, also solche »mit Hahnentritt«, aus denen mit einiger Wahrscheinlichkeit Küken schlüpfen würden, die hatte Frau L. nicht auftreiben können. Die Bauern, angesichts eines so kuriosen Ansinnens mißtrauisch geworden, hielten ihr entgegen, daß sie selber Eier in der Stadt kauften, weil man im Dorfkonsum Zucker, Petroleum, Öl und Salz nur gegen Eier bekäme. Schließlich war sie schon nahe daran, aufzugeben und das gemietete Huhn zurückzubringen, das wie toll auf ihrem Balkon herumflatterte, als sie einen seltsamen Besuch erhielt, den Besuch eines alten Mannes, den sie sich später wiederholt ins Gedächtnis zu rufen suchte, um bei nochmaliger Betrachtung nach Hintergründen zu forschen, die vielleicht irgendwie zur Klärung der späteren Vorgänge dienen konnten.

Sie kannte den Alten, er hatte ihr nämlich schon zwei- oder dreimal Weißkäse und Sahne gebracht, hatte wie auch diesmal jeweils nach längerer Abwesenheit in aller Herrgottsfrühe an ihrer Tür geklingelt und in einem Ton, als wisse er sich ungeduldig erwartet, verkündet, es sei Ware eingetroffen. Woher er sei und wann er wiederkäme, wollte er nie sagen, doch anscheinend nicht aus Geheimnistuerei, sondern eher, als wäre er zu sehr in Eile und mit wichtigeren Dingen befaßt, als daß er noch darauf eingehen könnte. Obwohl er übrigens sehr alt war und sich bedächtig und ohne jede Hast gab, machte er trotzdem den Eindruck, als habe er wenig Zeit und werde auch anderswo noch erwartet. Noch erstaunlicher aber war, daß er nicht gerade aussah wie ein Bauer, sondern eher wie ein Städter, ja wie ein Intellektueller, und Frau L. sagte später, als sie bei ihren nachträglichen Überlegungen von der Figur des Alten nicht mehr loskam, daß sie sich nicht gewundert hätte, ihn über Horaz oder Juvenal reden zu hören. Sie bildete sich ein, er habe wie ein alter Lateinlehrer ausgesehen. An jenem Morgen also läutete der Alte, nachdem er sich monatelang nicht mehr hatte blicken lassen, um zehn Minuten nach sechs an ihrer Tür. Er klingelte unverschämt lange und zudringlich, irgendwie herrisch, als wäre ein drohendes, wenn nicht gar schon geschehenes Unheil zu vermelden, und als Frau L. aus ihrer erst spät und durch Schlafmittel erzwungenen Nachtruhe erwachte und aufgebracht an die Tür kam, teilte er ihr seelenruhig mit, daß er zwölf Bruteier mitgebracht habe. Ob sie Interesse daran habe? Frau L. war zwar überrascht und wollte ihren Ohren kaum trauen, fragte sich jedoch keinen Moment, woher der Alte wohl wußte, daß sie solche Eier brauchte, ja mehr noch, wie er überhaupt auf den Gedanken gekommen war, so etwas in einer Gegend anzubieten, wo sich nur unter wahnwitzigen Umständen ein Abnehmer dafür finden würde. Sie kaufte die zwölf Eier und wunderte sich zwar ein bißchen über deren Größe, war dann aber hocherfreut, als ihr der Alte mit wichtigtuerischer Miene und keine Widerrede duldend die Qualitäten der betreffenden Geflügelrasse erläuterte. »Nutzgeflügel, das haben Sie doch gesucht, wenn ich recht verstanden habe«, setzte er noch im Weggehen hinzu (er ließ sich nie weiter als bis an die Küchentür bitten), und dieser merkwürdige Unterton in seiner letzten, hintergründigen Bemerkung blieb Frau L. im Ohr, obwohl sie doch keinen Anlaß zur Beunruhigung hatte. Viel später erst fiel ihr ein, daß sie sich nicht erinnern konnte, ihm gegenüber von ihrem Interesse an Nutzgeflügel gesprochen zu haben, und je öfter sie sich diesen Ausdruck vorsagte – und unter welchen Bemerkungen, herrje! –, um so entsetzlicher fand sie ihn und um so weniger konnte sie glauben, ihn je zuvor in den Mund genommen zu haben. Doch all diese Verwicklungen kamen natürlich erst später. Damals aber hatte Frau L. kaum die Tür hinter dem Alten zugemacht, da eilte sie schon – mit jener fieberhaften Hast, wie sie all unseren unwiderruflichen Taten vom Schicksal beigegeben ist –, der Glucke die zwölf herrlichen Eier unterzuschieben, die nahezu strahlten und, gegen Licht gehalten, einen silbrigen Kern in ihrem Innern erkennen ließen, wie ein unruhiges Quecksilber, das jeden Moment herauskullern konnte. Die Glucke hatte die Eier unsicher beäugt, dann aber ein wenig die Flügel gelüftet und sie allesamt unter ihren ungebärdigen, tageweise gemieteten mütterlichen Schutz genommen. In den darauffolgenden Wochen war Frau L. eigenartig zumute, wenn sie in den üblichen Schlangen nach Lebensmitteln anstand: sie kam sich vor wie ein Soldat, der alles frohgemut erduldet, weil er schon den künftigen Marschallstab in seinem Tornister spürt. Frau L. stellte sich mit einem Buch in der Hand an und blieb stundenlang so stehen, ins Lesen vertieft und zuweilen einen Schritt vorrückend (sie hatte mit der Zeit ein Gefühl entwickelt, wann sie, ohne vom Buch aufzublicken, weiterrücken mußte), und während sie völlig versunken beim Lesen die Buchseite wie einen Schutzvorhang zwischen sich und die Umwelt zog, sorgte ein winziger Abschnitt in ihrem Gehirn für jenes äußerst beruhigende, rauschähnliche Gefühl, das sie jeweils bei dem Gedanken überkam, daß zur selben Zeit, da sie sich ihrer unwürdigen Pilgerlektüre hingab, auf ihrem Balkon langsam zwar, unermeßlich langsam, aber unaufhaltsam die Chancen für ihre baldige Eigenständigkeit wuchsen. Denn nachdem Frau L. nun einmal sowohl die Glucke als auch die seltsamen Eier angeschafft hatte, wurden diese zu allmächtigen Symbolen ihrer künftigen Unabhängigkeit von der Gesellschaft. Nein, keine »seltsamen« Eier, ich muß ehrlich zugeben, daß da noch keinerlei Vorahnung im Spiel war. Alles, was man hätte sagen können und was auch gesagt worden ist über jene Eier und deren übrigens auffällige Abnormität, wurde erst hinterher ausgesprochen, nachdem sie sich schon in etwas völlig anderes verwandelt hatten und gar nicht mehr vorhanden waren. Damals gab sich jener winzige Abschnitt im Gehirn von Frau L., der nicht von der Lektüre in Anspruch genommen war, einzig mit dem überdachten Balkon ab, mit der Niststätte, die an Stelle von Stroh aus dünnen Streifen Zeitungspapier in einem

Fernseherkarton hergerichtet war, und mit den überein·
andergeschachtelten Verschlägen aus Sperrholz und
Maschendraht, einer auf Balkongröße zugeschnittenen
Sonderanfertigung, die, schmuck mit farblosem Lack
überzogen und mit winzigen roten und grünen Vorlege-
schlössern aus China versehen, ihrer Bewohner harrten.
Später, um nochmals vorzugreifen, auch wenn diese Un-
rast den Leser verdrießen mag, konnte sich Frau L. nur
zu diesen eleganten Käfigen beglückwünschen, die sie
dann noch schnell mit wattiertem Seidenbezug tapezierte und an Stelle von Teppichen provisorisch mit
vierfach zusammengefalteten Frotteetüchern auslegte.
Damals jedoch, an jenem Punkt, wo unsere Geschichte
gerade angelangt war, und als Frau L. noch nach Fleisch
und Eiern anstand, im Hochgefühl eines Soldaten, der
den künftigen Marschallstab schon in seinem Tornister
sieht, damals meinte sie, daß es wohl doch etwas übertrieben war, die Käfige, die sich nichts aus ihrer eigenen
Eleganz machten, auch noch zu lackieren und mit bunten chinesischen Schlössern zu versehen. Unruhe kam
erst auf, als diese Wartezeit die biologisch-kalenda-
rischen Grenzen zu überschreiten drohte. Zuerst wurde
die Henne nervös, die wenige Tage vor Ablauf der intensiv beobachteten drei Wochen Anzeichen von Schrek-
ken und Ratlosigkeit erkennen ließ. Behutsam, aber voll
ungebärdiger Erregung ruckte sie in ihrem glühheißen
Nest hin und her und lüftete etwas einen Flügel, um mit
fast hysterischer Verwunderung nachzuschauen und,
neugierig und widerstrebend zugleich, zu ergründen,
was es da zu sehen gab. Sie sah aber nichts als die glänzenden Eier. Die wirkten irgendwie größer als vorher,
doch keineswegs animalisch in ihrem Flimmerglanz von
Quarzgestein, bei dessen Anblick man blinzeln und sich
beunruhigt nach ihrer wahren Herkunft fragen mußte.
Anfangs ärgerte sich Frau L. bloß über das nervöse

Huhn, und erst nach Ablauf der einundzwanzig Tage wurde auch sie von Sorge erfaßt. Aber eigentlich nicht in besonderem Maße. Denn genau gesehen hatte der Alte schließlich nicht gesagt, daß es Hühnereier seien. »Nutzgeflügel« hatte er gesagt, ein ausgefallener, irgendwie abstoßender Ausdruck, der sie schon damals schockiert hatte. Verstört holte sie Informationen über die Brutzeit der verschiedenen Geflügelsorten ein und erfuhr, daß diese bei Enten, Gänsen und Truthennen einen Monat dauert. Also war ihr noch eine Woche Ruhe vergönnt, kein wahrer Gewinn, wie ich hinzufügen muß, denn im Grunde ihres Herzens glaubte Frau L. nicht mehr daran, daß sich nach Ablauf der verlängerten Frist die Dinge klären würden. Das seltsam hysterische Verhalten der Glucke (sie merkte offenbar, daß etwas vor sich ging, auch wenn sie nicht wußte, *was*) war nur ein weiterer Fingerzeig für die *mauvaise conscience* von Frau L., die sich trotzdem vornahm, vor Ablauf dieser äußersten Frist von dreißig Tagen nichts zu unternehmen. Doch auch dann geschah natürlich nichts, und erst als Frau L. bis an diesen Punkt gekommen war, sah sie ein, daß sie auch nichts weiter unternehmen konnte, als die Glucke zu ihrer alten Besitzerin zurückzubringen und die Eier in die Mülltonne zu werfen. Eine neuerliche Tour durch die Dörfer rund um die Hauptstadt brachte ebenfalls nichts ein. Die paar Bauern, die noch da waren, hatten entweder kein Vertrauen zu dieser Professorin mit ihrem verdächtigen Interesse an Fragen der bäuerlichen Hauswirtschaft, oder sie kannten sich selbst nicht mehr in landwirtschaftlichen Dingen aus. Auf jeden Fall aber konnten auch sie ihr keinerlei Hinweis oder Auskunft in dem derart vertrackten Eierproblem geben, sondern widersprachen einander bloß, behaupteten mal dies, mal das, wechselten einfach das Thema oder verweigerten jede Antwort. Und der Alte kam natürlich nicht mehr. Das hatte sie übrigens auch nicht anders erwartet, denn selbst früher war er höchstens alle fünf, sechs Wochen gekommen.

Frau L. litt nicht wie unter einem materiellen Verlust, sondern wie unter einer geistigen Niederlage; was sie bedrückte, war nicht, wie sie annahm, ihre erwiesene Unfähigkeit in der Hauswirtschaft, sondern der – wie eine persönliche Beleidigung empfundene – Nachweis, daß sie sich nicht aus ihrer lähmenden sozialen Bedingtheit lösen, sich nicht aus dem Spinnennetz demütigender Notwendigkeiten befreien und sich keine bescheidene, aber stolze Unabhängigkeit zu schaffen vermochte. Die Tatsachen waren stärker als sie, und so ungeheuer sich die alternde Professorin für Philosophie in ihrer Phantasie auf etwas versteifen konnte, brachte sie doch nie die Humorlosigkeit auf, jenseits der Realitäten nach einer Lösung suchen zu wollen. Frau L. beschloß, das mißglückte hauswirtschaftliche Experiment kurzerhand abzubrechen, den Balkon wieder für gewöhnliche Zwecke zu nutzen und ihre Lesestunden nur noch in die Zeit zwischen dem jeweiligen Anstehen nach Lebensmitteln zu legen. So viel weise Selbstbeschränkung war freilich eine harte Prüfung für die geistige Freiheit der berühmten Professorin, und gerade weil es ihr schwerfiel, sich der Einsicht zu beugen und einen so hohen Preis dafür zahlen zu müssen, trafen die späteren Ereignisse sie nicht nur unvorbereitet (es wäre auch absurd gewesen, etwas anderes zu erwarten), sondern geradezu in einem angegriffenen geistigen Zustand, krank und ohne Widerstandskraft.

Und das kam so: An jenem Tag wachte sie sehr früh und schlecht gelaunt auf, von einem Geräusch geweckt, das aus der Nebenwohnung kam und das irgendeine Rolle in dem Traum gespielt hatte, den sie gerade träumte, eine teuflische Rolle natürlich, so daß anschließend nicht nur das Erwachen, sondern auch die langen Minuten danach von der dunklen Macht des Traums überschattet waren; und dann schließlich brach der Lärm aus dem Gehäuse des Traums hervor, sprengte gar den Schlaf und ergoß sich, betäubend und zusammenhanglos, in den Wachzustand. Nebenan ertönte das verzweifelte Geschrei von Kindern, die aus dem Schlaf gerissen worden waren, um von ihren Eltern, die um sieben im Dienst sein mußten, zur Krippe und zum Kindergarten gebracht zu werden, und zwischendurch wurden sie von der noch verzweifelteren Mutter angebrüllt, die, schon müde vor Tagesbeginn, sie zur Ruhe bringen wollte und nur erreichte, daß sie noch wilder heulten. Frau L. war sehr spät schlafen gegangen. Sie hatte fast bis zwei Uhr an einer Studie gearbeitet, die sie spätestens in einem Monat abgeben sollte, und vor Übermüdung konnte sie zunächst eine ganze Weile nicht einschlafen, so daß sie, um sechs Uhr geweckt, zwar aus dem Schlaf gerissen, aber noch nicht ins Leben zurückgekehrt war. Sie lag wie zerschlagen im Bett, unfähig, sich zu rühren, und spürte einen üblen Zorn auf die ganze Welt in sich hochsteigen, so bedrängt, armselig, gequält und ausgepowert diese auch sein mochte. Sie versuchte aufzustehen, aber da begann eine Ader an ihrem Hals bedrohlich zu pochen, und sie mußte sich wieder zurückfallen lassen. Der Lärm war verstummt: Die Leute waren weg. Dann rauschte oben die Wasserspülung einer Toilette. Danach war Ruhe. Doch von Schlafen konnte nicht mehr die Rede sein. Und bis sie zur Universität mußte, blieben noch drei Stunden. Sie hatte erst um halb zehn Vorlesung. Plötzlich verspürte sie das Bedürfnis, irgend etwas zu machen, und nahm sich vor, diesen unverhofften Zeitgewinn zu nutzen, der ihr nun, nachdem sie die Schwäche überwunden hatte, ganz willkommen war. Während sie sich einen Kaffee brühte, beschloß sie, die freie Zeit zu verwenden, um den Balkonträumen ein Ende zu machen. Die Verschläge mußten ja nicht abgebaut werden, die konnten sehr gut zur Aufbewahrung von unverderblichen Lebensmitteln, leeren Flaschen und sogar von Konserven dienen. Die Glucke wollte sie noch an diesem Morgen zurückbringen, und die Eier, diese ungewöhnlichen Dinger, würde sie aufschlagen, nicht nur aus rein wissenschaftlichem Interesse, sondern auch aus dem boshaften Drang, endlich herauszufinden, was sich so hartnäckig darin verbergen mochte. Sie ging auf den Balkon. Es war sieben Minuten vor sieben. Sie mußte nämlich an der Wanduhr vorbei, sonst hätte sie es nicht gemerkt.

Schon als sie die Balkontür öffnete und selber noch gar nichts sah, fiel ihr an dem völlig verrückten Gebaren der Glucke auf, daß etwas passiert sein mußte. Und zwar etwas sehr Ungewöhnliches. Wäre das weitere nur irgendwie banal und belanglos gewesen, hätte Frau L. mit Vergnügen beschreiben können, wie die Henne vor unterdrückter Erregung gezittert hatte und beinah unter der steigenden Spannung explodiert wäre, derweil sie zwischen verrücktem Stolz und unbeschreiblichem Schrecken, zwischen einem maßlosen Erstaunen und einer Verzweiflung schwebte, die hilfeflehend nach einer Lösung verlangte. Wer hätte wohl gedacht, daß Hühner so ausdrucksvoll aussehen können, sagte sich Frau L. voll Humor, plötzlich erheitert, daß offenkundig endlich etwas geschehen war, aber nachher sollte sie sich jener Heiterkeit nie mehr erinnern. Denn im nächsten Moment *sah* sie selber.

Zwischen dem Nestrand und den gespreizten Federn der Henne hing ein rosiges Ärmchen hervor, sagen wir, nicht dicker als ein Lilienstengel, das in einer anmutig im Schlaf geballten kleinen Faust endete. Das ist keine Übertreibung: Ebendiese wie selbstvergessen geballte

Faust machte gleich deutlich, daß das dazugehörige kleine Wesen schlief. Dadurch ergab sich für Frau L. nach ihrem anfänglichen Erstaunen, ja Schrecken nun eine Verschnaufpause. Doch gleich darauf stahl sich auf der anderen Seite des Nestes ein feucht schimmerndes Beinchen hervor, etwas länger, aber genauso zart und rätselhaft. Es konnte aber nicht zu demselben Wesen gehören, dafür waren die Glieder zu weit voneinander entfernt. Frau L. bewahrte Ruhe und zog höchst logische Schlüsse. Sie war seit je überzeugt, daß auch absurde Dinge ihre eigene Logik haben. Das half ihr freilich nicht weiter. Es war nicht nur abwegig, sondern einfach unannehmbar, daß unter ihrer geliehenen Glucke, die sie wider alle Vorschriften auf ihrem Balkon im Block Z 8, Boulevard der Zukunft im Stadtbezirk Antim, untergebracht und der sie mühsam und zu einem Überpreis erworbene Eier untergeschoben hatte, an Stelle von Hühnerküken ganz andere Lebewesen zum Vorschein kamen. Andererseits wußte Frau L. jedoch sehr wohl – und die augenblickliche Verwirrung ließ sie es keineswegs vergessen –, daß sich die Realität nicht übermäßig darum kümmert, ob man sie akzeptiert oder nicht. Sie hatte schon Gelegenheit gehabt, sich davon zu überzeugen. Dennoch, sie mußte zu einem Entschluß kommen, mußte irgend etwas tun, und sei es, um möglicherweise einen Alptraum abzuschütteln. Da ihr nichts Besseres einfiel, trat sie einen Schritt näher. Die Glucke, noch stärker aus der Fassung gebracht als sie selber, legte den Kopf auf die Seite, wie um sie mit dem einen Auge genauer zu mustern, und dann, als hätte sie endlich begriffen, geriet sie in noch größere Panik. Und dieses Entsetzen erst veranlaßte Frau L. zu folgender Geste: Entschlossen bückte sie sich, packte die Glucke mit beiden Händen, riß sie aus dem Nest und schleuderte sie in einen Käfig, dessen Tür sie sofort verriegelte. Dann wagte sie einen ersten Blick. Doch was sie da sah, brachte keine neue Erkenntnis. Dasselbe Ärmchen mit der im Schlaf geballten Faust und dasselbe stramme, rosige Beinchen ragten an zwei entgegengesetzten Stellen aus einem überraschend großen, wabbeligen Knäuel weiterer unzähliger Arme und Beine, das stellenweise von einem glänzenden goldfarbenen Flaum bedeckt war oder sogar daraus bestand. Und dieser gelbliche Schein wurde noch verstärkt von dem quarzähnlichen Flimmern der ringsum verstreuten Eierschalen. Für den Bruchteil einer Sekunde vergaß Frau L. die seltsamen Auswüchse aus rosigem Fleisch und das unheilvolle Gegacker der eingesperrten Henne – oder vielleicht war sie sogar schon von dieser automatisch als mütterlich betrachteten Hysterie angesteckt – und streckte die Hand nach einem dieser frisch geschlüpften flaumweichen Küken aus. Doch da entzog sich das flauschige Knäuel ihrem Zugriff, veränderte, als wäre es ein einziges Ganzes, seine Form und rollte sich scheinbar zusammen, wobei wieder andere zarte Auswüchse zum Vorschein kamen. Eher gekränkt als erschrocken zog sich Frau L. etwas zurück, noch ganz erfüllt von dem übermütigen Gefühl, immerhin doch etwas erreicht zu haben. Diese erste Regung des Knäuels war freilich nur ein Vorspiel, der Auftakt zum Erwachen. Die flaumweiche Kugel wurde größer, verlor an Gestalt und zerfiel in unterschiedlich und kompliziert geformte Einzelteile: die Ausstülpungen, nun gegenständlicher und fester geworden, noch schlüpfriger und schwerer deutbar als zuvor, machten sich selbständig, streckten sich und tauchten, rätselhaft und unbewußt, aus dem Schlaf und Nichtsein auf. Obgleich sich in dem Durcheinander von fast gestaltlosen Linien unbeholfen etwas kurze, von dünnem, lichtem Flaum bedeckte Flügel zu regen begannen, sah es immer weniger danach aus, daß dies gewöhnliche Hühnerküken sein sollten, so abartig wirkten alle übrigen Gliedmaßen, die sich zwar mitbewegten, aber schlaftrunkener noch und weniger zielgerichtet. Irgendwie von ihrer eigenen Begriffsstutzigkeit überrascht, schaute Frau L. sie verdutzt an. Das Merkwürdigste an diesem Vorgang – dem es an Merkwürdigkeiten nicht eben fehlte – war, daß sich bei diesen unbekannten Geschöpfen, die gerade erst dem Embryostadium entwachsen waren, zwei allgemein unvereinbare Merkmale paarten: Glanz und Schlüpfrigkeit. Der fast blendend helle goldgelbe Flaum und die diamantschimmernden Eierschalen konnten doch nicht ganz den Eindruck physischen Ekels verdrängen, den das übertrieben rosige, schweißbeglänzte Fleisch in seinen noch unentschiedenen und vagen Formen beim Betrachter auslöste. Frau L. verspürte nicht mehr die geringste Lust, eines dieser undefinierbaren Küken in die Hand zu nehmen, die, ineinander verknäuelt, weiterhin lautlos durcheinanderquirlten. Wieviel mochten es sein? Zwanzig, dreißig? Ihres Wissens hatte sie zwölf Eier hingelegt. Und wenn etwas in dieser so verworrenen Geschichte klar war, dann, daß die Geschöpfe da auf dem Balkon aus den zum Brüten bestimmten Eiern stammten. Demnach konnten es bloß zwölf sein. Diese zahlenmäßig gesicherte Eingrenzung war schon einmal ermutigend. Damit hatte Frau L. ein erstes logisches Element an der Hand. Sie mußte lächeln – diese feigen Ausflüchte waren nicht nur jämmerlich, sondern auch wirkungslos. Also eins von beidem: Entweder nahm sie allen Mut zusammen und gestand sich ein, was sie da sah, bekannte also ohne Wenn und Aber, daß sie begriffen hatte, oder aber sie hatte sich völlig zu Unrecht von einem Schrecken übermannen lassen, der ihr wie Wasser in den Adern hochstieg. Außerdem hatte sie, da die Niststätte nun leer war, gar keine andere Wahl. Sie konnte sich gerade noch sagen, daß das mittlerweile völlig wahnsinnig klingende Gegacker der eingesperrten Glucke am Ende noch die Nachbarn zusammenholen würde, ja, sie war schon drauf und dran, den Käfig zu öffnen und das Huhn freizulassen, doch im selben Moment vergaß sie auch das und hielt wieder inne, die eine Hand am Schloß und den Blick gedankenverloren auf das Gewimmel am Boden gerichtet. Die kleinen Wesen hatten sich voneinander losgemacht, sie hatten sich zerstreut und einfach in die Luft geschwungen, wo sie kürzer oder länger umherschwebten (es war ein Wunder, daß die kurzen Flügel, ihrer Form nach kaum zu erkennen unter dem goldfarbenen Flaum, sie trugen), bis sie dann wieder auf dem Betonfußboden landeten und davonstoben. Endlich konnte Frau L. sie betrachten. Sie waren nackt und nicht größer als eine Handbreit, Flügel und Scheitel waren von jenem Flaumansatz bedeckt, der, statt ihnen eine lichte Aura zu verleihen, eher Mitleid und sogar vages Mißbehagen erweckte. Und sie sahen keineswegs aus wie überirdische Wesen. Hätte Frau L. sie nicht von Bildern gekannt und hätten sie nicht auch so sehr wie zwergenhafte Babys mit Flügeln ausgesehen, dann hätte sie sie schlichtweg für eine außerirdische Gattung gehalten und eventuell amüsiert abgewartet, was passieren würde. Vorläufig geschah aber nichts weiter, als daß eines von ihnen, vorwitziger oder leichtsinniger als die übrigen, mit aller Gewalt versuchte, ihre Schuhspitze zu erklimmen. Das wollte jedoch nicht gelingen, es rutschte dauernd ab und hinterließ auf dem schwarzen Schuh schleimige Spuren. Frau L. wagte sich nicht von der Stelle zu rühren, aus Angst, dieses oder eines der anderen Geschöpfe zu zertreten, sie starrte es nur eindringlich an und versuchte verzweifelt, es durch Gedenkenübertragung zum Aufgeben zu bewegen. Sie schauderte bei dem Gedanken, das kleine Wesen könnte auf den Rand ihres Schuhs klettern und ihre

Haut berühren. Um nur nichts unter ihren Sohlen zu zertreten, zog sie sich behutsam schlurfend zur Tür zurück. Der Kletterer verlor den Halt, kullerte auf den Rücken und blieb einen kurzen Moment reglos liegen, dann richtete er sich wieder auf, blieb aber nicht in der Senkrechten, sondern stieß sich, emsig mit den Flügeln schlagend, schräg vom Boden ab, als hätte ihn der Absturz eben daran erinnert, daß er ja noch andere Möglichkeiten hatte. Einen Augenblick lang fürchtete Frau L., er könne ihr nachkommen, und sie machte sogar eine Handbewegung, als wollte sie eine Wespe abwehren, doch er hielt schon nach ein paar Flügelschlägen inne und ließ sich auf dem Nestrand nieder. Noch schien er sie gar nicht bemerkt zu haben. Genausowenig wie die anderen. Manche von ihnen balgten sich wie kleine Kätzchen spielerisch am Boden, andere kletterten an den Käfigtüren aus Maschendraht bis zu dem Verschlag, wo sich die Henne befand, die nun völlig aus dem Häuschen war, wieder andere, wie auch der Kleine auf dem Nestrand, putzten sich und striegelten sich mit den Fingern ihren Federflaum. Zwei rauften miteinander, zogen sich gegenseitig an den Flügeln und stellten sich ein Bein. Frau L. war nun unbemerkt an der Balkontür angelangt, sie tastete blindlings nach der Klinke, drückte sie herunter, tat einen großen Schritt rückwärts und machte rasch die Tür genauso umsichtig und leise wieder zu. Eine Weile verharrte sie noch so, die Augen mechanisch auf die Vorgänge auf dem Balkon gerichtet, dann riß sie sich los und ließ sich auf einem Stuhl nieder.

Sie mußte erst einmal ihre Gedanken ordnen, mußte das Ganze kurz zusammenfassen, nicht nur um sich Klarheit zu verschaffen, sondern auch um eine Lösung zu finden. Also: Nachdem sie in ihrem Ungestüm, das sie immer noch nicht hatte ablegen können, beschlossen hatte, der Zeitverschwendung beim Schlangestehen ein

Ende zu setzen, und sich – unter welchen Schwierigkeiten zudem! – eine Glucke besorgt hatte, dann aber, da sich nicht die nötigen Eier auftreiben ließen, schon nahe daran gewesen war, wieder aufzugeben, hatte ein freilich recht schrulliger alter Mann, der sie seit Jahren mit Weißkäse und Sahne versorgte, ihr – wohlgemerkt *unaufgefordert* – zwölf außergewöhnlich große Eier gebracht und hatte dabei – an dieser Stelle erstarrte Frau L. – von »Nutzgeflügel« gesprochen. Und sie, eine alternde Frau, Verfasserin gelehrter Abhandlungen, eine Dr. habil. und Professorin, hatte nichts gewittert, hatte nichts Besonderes daran gefunden, sondern hatte die Eier arglos entgegengenommen und – in Erwartung der Hühner, die Fleisch und täglich Eier liefern sollten – ihren Balkon mit diesen surrealistischen Käfigen ausgestattet und sich Lehrbücher über Geflügelzucht angeschafft. Im Grunde waren ihr all diese Vorbereitungen schon zur Last geworden, und als dann schon jede Brutzeit überschritten war und sie sich ihren Mißerfolg hatte eingestehen müssen, da hatte sie mit einem heimlichen Gefühl von Opportunismus und Erleichterung geahnt, daß ihr nun doch, und nicht etwa durch eigenes Zutun, dieses bedrückende Los des Selbstversorgers erspart bleiben würde. Doch wie man sieht, sollte ihr diese, eigentlich angenehme Niederlage nicht vergönnt sein (erst jetzt wurde ihr klar, wie angenehm ihr selbige gewesen wäre).

Das Experiment war fabelhaft gelungen, so fabelhaft, daß es drohte, ihr ganzes Leben auf den Kopf zu stellen, wenn sie nicht rasch eine möglichst radikale Lösung fand. Im Grunde jedoch war Frau L. noch nicht ganz vom Ernst der Lage durchdrungen, sie hatte das Gefühl, ein bißchen dramatisiert zu haben, um schneller auf einen rettenden Gedanken zu kommen. So erschrocken sie auch sein mochte – und das war sie –, ein verborgener Schutzmechanismus in ihrem Innern ließ die Tatsachen doch harmloser erscheinen und stützte gar den Verdacht, es sei ja alles nicht wahr. Das hielt Frau L. aber nicht davon ab, die Fakten in Beziehung zueinander zu setzen und sich ein Urteil zu bilden. Aus den imposanten und verdächtigen Eiern des Alten waren also weder Hühnerküken noch Enten, Gänse, Schwäne, Wachteln, Trappen oder Strauße geschlüpft. Nein, aus den glänzenden Eiern des Sahnelieferanten war eine ganz andere Sorte Geflügel hervorgegangen. Nutzgeflügel hätte sie beinah gesagt, hielt aber im rechten Moment inne, wie an eine Stolperschwelle geraten. Dieser abwegige und irgendwie scheußliche Begriff, den der Alte gebraucht hatte, war der erschreckendste, weil am stärksten der Wirklichkeit verhaftete Punkt in der ganzen Geschichte.

Frau L. hatte keine Ahnung, wovon diese Wesen lebten, und konnte sich nicht einmal vorstellen, wozu sie – falls überhaupt – nützlich sein sollten. Sie wußte weder, wie man mit diesen Geschöpfen umgehen mußte, wie schnell sie wuchsen, was sie brauchten oder was ihnen schaden könnte. Sie stand auf und schaute auf den Balkon. Die Kleinen tollten immer noch umher, wie Kinder oder junge Tiere, die unermüdlich auf immer neue Spiele verfallen. Zwei von ihnen klammerten sich an die Käfigtür, hinter der Frau L. die Glucke eingesperrt hatte, und langten nach Kräften durch den Maschendraht nach dem Tier. Das hatte sich in die hinterste Ecke verkrochen und krakeelte, offenbar in Todesängsten, wie am Spieß, aber derart komisch, daß sein Anblick nicht Mitleid, sondern Spott erregte. Obwohl ich doch solidarisch mit der Glucke sein müßte, dachte Frau L. und mußte unwillkürlich lächeln. Und mit heiterer Miene beobachtete sie weiter versonnen die neuen Bewohner ihres Balkons. Die waren ihr bestens aus Kunstbänden bekannt; die gesamte italienische Malerei des sechzehnten und siebzehnten Jahrhunderts war voll von diesen rundlichen Popos und fettgepolsterten Beinchen. Sie waren ihr so vertraut, daß sie schon meinte, sie auch in Wirklichkeit gesehen zu haben. Hatten sich die Kleinen etwa so verändert, oder hatte sie sich selber schon derart an sie gewöhnt, daß daraufhin ihr anfänglicher Widerwille geschwunden war? Auf jeden Fall kamen sie ihr jetzt größer vor und nicht mehr so zart. Und doch lag noch immer etwas Jämmerliches in ihrem ganzen Wesen, das in seiner Blöße aller Neugier und Abscheu ausgeliefert war. Ihre armseligen Gestalten – denn das war der Eindruck, den sie hinterließen – lösten bei Frau L. eher Mitleid und Sympathie als Abneigung aus. Doch plötzlich fuhr sie erschrocken hoch: Eines der Wesen hatte die Glucke nun mit der Hand erreicht und ihr eine Feder ausgerissen, worauf diese ein so wahnsinniges Gezeter anstimmte, daß Frau L. sicher sein konnte, davon war der gesamte Block aufgewacht. Im selben Moment klingelte schon das Telefon, und ihr Nachbar zur Rechten (ein pensionierter Arzt, gewöhnlich sehr aufmerksam und von geradezu anstrengender Höflichkeit) fragte sie zwar mit einigem Respekt, doch mit nicht ganz zu überhörender Verärgerung, was das für ein Lärm sei auf ihrem Balkon und ob sie vielleicht seine Hilfe brauche. Frau L. bat um Entschuldigung und erklärte, ihrerseits durch das ironische Angebot per Telefon irritiert, ziemlich konfus, es handle sich um ein gekauftes Huhn, das sie zu schlachten beabsichtige und das nur nicht brav in gefesseltem Zustand auf die Stunde seiner Hinrichtung warten wolle. Der Doktor erbot sich, diesmal ohne jede Ironie, diese Arbeit für sie zu übernehmen – er erinnerte sie scherzhaft daran, daß er schließlich Chirurg sei –, da sie aber hastig ablehnte, ließ er davon ab und wollte statt dessen wissen, wo sie das Huhn gekauft habe. Sie tischte ihm eine lange Geschichte auf von einem Studenten, der es ihr vom Lande mitgebracht habe (doch ehe sie den Satz zu Ende gesprochen hatte, wurde ihr klar, daß sie sich vertan hatte), aber das Ganze klang so verworren und zusammenhanglos, daß der Nachbar, peinlich berührt und wenig überzeugt, von sich aus das Gespräch abbrach, wobei er sie jedoch in kühlem Ton, wie er ihn bisher nie an den Tag gelegt hatte, nochmals bat, möglichst dafür zu sorgen, daß der Lärm auf dem Balkon aufhöre.

Als Frau L. den Hörer auflegte, merkte sie, daß ihre zitternde Hand nur mit Mühe die Telefongabel fand. Und obgleich sie wußte, daß sie keine Sekunde mehr verlieren durfte, ließ sie sich kurz auf dem Sofa nieder, denn ihr zitterten auch die Knie. Jetzt im nachhinein wurde ihr noch ein weiteres absonderliches Merkmal der kleinen Wesen bewußt: Sie machten nicht den geringsten Lärm und gaben überhaupt keinen Ton von sich. Für ihr Empfinden schien sich darin eher ein Mangel, ein Defekt zu offenbaren. Erst nach dem Telefongespräch war ihr nämlich eingefallen, daß ja nur vom Gackern der Glucke und von keinem anderen Lärm die Rede gewesen sein konnte. Sie stand rasch auf und ging nachschauen. Der Balkon erzitterte geradezu unter dem Gekreisch der Henne, während deren unschuldige Henker stumm lächelnd mit den ausgerissenen Federn spielten und sich einen Spaß daraus machten, möglichst dicht an ihrer Käfigtür vorbeizufliegen, so daß die Glucke gezwungen war, sich ganz nach hinten zu verziehen. Den winzigen Gesichtern war allerdings keinerlei Bosheit oder Grausamkeit anzusehen, im Gegenteil, in ihrem rosigen Lächeln lag etwas so Friedliches (waren sie etwa doch gewachsen, oder schien das bloß so?), daß Frau L. der Verdacht kam, sie seien nicht nur stumm, sondern auch taub. Ihre Seelenruhe und Ungezwungenheit ließ den Eindruck entstehen, als läge zwischen ihnen und ihrer Umwelt ein Kurzschluß vor, irgendein Defekt. Wie auch immer, das war jetzt nicht wichtig. Was hingegen keinen weiteren Aufschub duldete und was sich auch als einziges regeln ließ, war das Problem mit der Glucke. Mutig öffnete Frau L. mit ausgestreckten Armen, dann und wann von den Fliegern angerempelt, die sie schließlich doch bemerkt hatten, den Verschlag, in dem die unglückliche Mutter schmachtete, packte sie mit aller Kraft bei den Flügeln und zerrte sie ins Zimmer. Dann schloß sie, die Henne verzweifelt mit einer Hand festhaltend, mit der anderen die Glastür, wobei sie eines der Geschöpfe (etwa dasselbe, das auf ihren Schuh geklettert war?) sanft am Hereinkommen hindern mußte. Aus Angst, wieder den Mut und ihre Forschheit zu verlieren, gönnte sie sich keine Verschnaufpause, sondern machte sich mit dem heftig flatternden Vogel in ihren Armen auf die Suche nach einem Bindfaden; sie band ihm Beine und Flügel fest zusammen, wickelte ihn obendrein in ein Handtuch und steckte ihn in eine elegante Handtasche, die sie sich irgendwann einmal aus Italien mitgebracht hatte, ließ aber deren Reißverschluß zum Luftholen ein paar Zentimeter offen. Sie stellte die Tasche hin und sah, daß die sacht, ganz sacht, beinah unmerklich schwankte. Übrigens hatte sich das Huhn, nachdem es erst einmal vom Balkon geholt und gefesselt worden war, auf einen Schlag beruhigt, als fühlte es sich in seiner Gefangenschaft sicher vor der bisherigen Quelle seines Schreckens.

Frau L. versuchte an nichts mehr zu denken, kleidete sich hastig an, kämmte sich rasch, und als sie fertig war, prüfte sie sich noch einmal eingehend vor dem Spiegel, als wollte sie sehen, ob ihrem Gesicht irgend etwas von diesen wundersamen morgendlichen Ereignissen anzumerken sei. In dieser Hinsicht beruhigt, griff sie mit möglichst natürlicher Geste nach ihrer Tasche und ging hinaus, ohne die Balkonbewohner eines Blickes zu würdigen, die jetzt auf dem Fensterbrett hockten und sich mit offenen Mäulern die Nasen an der Scheibe plattdrückten (waren sie wirklich gewachsen, oder schien es nur so?). Sorgfältig verschloß sie hinter sich die Tür und überprüfte zweimal das Sicherheitsschloß. Auf der Straße zwang sie sich, an den Leuten vorbeizuschauen, die sie alle ansahen (da sie im Urlaub mit Genuß Kriminalromane verschlang, bei denen sie auf den ersten zehn Seiten schon die ganze Story erriet und sich königlich freute, wenn ihre Vorhersagen eintrafen, wußte sie, daß dies allen so erging, die irgend etwas zu verbergen hatten). Und sie hatte gegenwärtig nicht nur eine in ein Handtuch gewickelte Glucke in ihrer elegantesten Einkaufstasche zu verbergen, sondern viel mehr als das.

Frau L. brachte die Glucke zu ihrer alten Besitzerin zurück und erklärte, da sich diese höchst befremdet zeigte, daß sie sie so rasch wiederbringe, weil nichts aus den Eiern geworden sei. Und weil die Alte so tat, als sei ihr aus dieser vorzeitigen Rückgabe dennoch ein Schaden erwachsen, gab Frau L. ihr noch fünfundzwanzig Lei und fühlte sich auf einmal wenigstens zu einem Teil von dem vertrackten Abenteuer, in das sie sich da eingelassen hatte, erlöst. Ein Wunder der menschlichen Natur: Sie fühlte sich sogar dermaßen erleichtert, daß sie die zwei Vorlesungen danach wie im Traum hinter sich brachte und den restlichen Tag in Geschäften verbummelte, wo sie weißen Atlasstoff erstand, mit dem man die Käfige später austapeziert fand, sowie eine Menge flauschiger Frotteetücher, die in den groben Holzkisten als Teppiche und Unterlagen zum Schlafen dienen sollten. Abgesehen von diesem übermütigen Rauschzustand, in dem sie unter den vielen Leuten, von denen sie jetzt unwiderruflich ein Geheimnis trennte, in den Kaufhäusern umherstreifte, war es in Wahrheit ein bißchen Furcht, die sie davon abhielt, nach Hause zu gehen, die Furcht vor weiteren Entdeckungen.

Und ihre Angst war berechtigt. Als sie auf ihren Häuserblock zusteuerte, hielt sie gleich Ausschau nach ihrem Balkon, als ahnte sie schon, daß es da etwas zu sehen gäbe. Nichts wahrer als das. Übrigens fühlt man nie etwas voraus, wessen man sich nicht schon sicher ist. Von ihrem Balkon hing, auf ein paar hundert Meter gesehen, ein rosa und golden schimmerndes, flauschiges Seil herunter, das sich, in seltsamen Windungen pendelnd, bis zum darunterliegenden Stockwerk zu hangeln suchte. Zunächst war Frau L. verdutzt oder wollte auch gar nicht begreifen, doch dann blieb ihr keine andere Wahl – sie mußte einsehen, daß von keiner optischen Täuschung, von keinem Irrtum mehr die Rede sein konnte: Die Balkonbewohner hatten wahrscheinlich ihren eigenen Lebensraum durchforscht und sich nun, einer an den anderen geklammert und dann und wann mit einem Flügelschlag nachhelfend, heruntergehangelt, um durch das Fenster der darunterliegenden Wohnung zu schauen. Allem Anschein nach hatten sie riesigen Spaß daran, denn sie wechselten wahrhaft brüderlich die Plätze, so daß jeder mal ans untere Ende gelangte und von dort einen indiskreten Blick wagen konnte. Als Frau L. verstanden hatte, erstarrte sie für einen Moment bei dem Gedanken, daß auch die Nachbarn von unten die Zaungäste entdecken könnten, dann hastete sie buchstäblich im Laufschritt zu ihrem Häuserblock und eilte, da der Fahrstuhl nicht kam – es hatte wohl wieder einer die Tür irgendwo offengelassen –, immer eine Stufe überspringend, die Treppe hinauf. Vor Aufregung und Eile fand sie beinah den Schlüssel nicht, dann stürzte sie in die Wohnung. Sie sah sofort, daß nicht alle hinuntergeklettert waren, der Balkon schien noch voll zu sein, und wenn sie nicht mit eigenen Augen das flauschige, goldfarbene Seil hätte herunterhängen sehen, wäre ihr icht einmal aufgefallen, daß wer fehlte.

Und sie merkte auch sofort, daß die Kleinen gewachsen waren. Das war jetzt kein bloßer Eindruck mehr, sondern Gewißheit. Ihr schoß durch den Kopf, daß sie ihnen etwas zu essen geben müßte, sie hatte nur keine Ahnung was. Und bei dem Gedanken an die Eigenheit dieser Spezies wurde Frau L. erneut von der – kurzzeitig verdrängten – Angst befallen, daß jemand anderem etwas aufgefallen sein könnte. Ohne sich viel darum zu kümmern, ob sie wen zertreten könnte, ging sie entschlossen auf den Balkon, packte das am Geländer hängende lebende Seil und zog es mit einem Ruck herauf. Daraufhin jedoch lösten sich die Geschöpfe voneinander und kehrten mühelos schwebend nach oben zurück, was zeigte, daß dieses Kletterseil nichts als eine Spielerei oder ein Kniff war, um Aufmerksamkeit zu erregen. Immerhin gaben sie nach wie vor keinen Ton von sich und machten keinerlei Geräusch, was gewiß ein wahrer Segen war. Frau L. merkte, daß sie diesmal ohne Widerwillen zugegriffen hatte. Sie suchte ihren organisatorischen Schwung beizubehalten und die Geschöpfe in die Käfige zu sperren. Bevor eine Lösung gefunden war, mußte sie erst einmal sicher sein, daß sie ihr keine weiteren Überraschungen bereiteten. Geschäftig eilte sie zu ihrer Einkaufstasche, aus der die Glucke an ihren ursprünglichen Platz zurückgekehrt war, und zog die tagsüber erstandenen flauschigen Handtücher und den Atlasstoff hervor; sorgfältig und sogar mit einer gewissen Rührung tapezierte sie die Käfige. Dann fing sie die Kleinen mühelos bei ihren Spielen ein (zwei haschte sie sogar wie zwei unerschrockene Vögelchen aus der Luft) und sperrte sie in die vier vorbereiteten Verschläge. Ehe sie sich zurückzog, zählte sie noch einmal durch (es waren natürlich zwölf) und brachte dann noch je ein Handtuch für jeden Käfig, damit sie etwas zum Zudecken hatten, falls ihnen kalt sein sollte, denn auf einmal wurde ihr bewußt, daß diese armen, zwischen die Welten geratenen Wesen ja nackt waren, und sie überkam ein unverhofftes Mitgefühl.

Bevor sie zu Bett ging, legte sie sich auf ihrem Nachttisch mehrere Bildbände über die italienische und flämische Kunst des sechzehnten und siebzehnten Jahrhunderts zurecht. Dann streckte sie sich aus und begann Seite für Seite darin zu blättern. Sie brauchte keine Bestätigung mehr, sondern wollte nur von anderer Seite die Auskunft, die sie selber nicht auszusprechen wagte. Und die Kunstbände taten ihr bereitwillig den Gefallen. Sie betrachte die Reproduktionen und mußte über ihre eigene Anpassungsfähigkeit lächeln. Es waren noch keine zwölf Stunden vergangen, und schon hatte sie sich an alles gewöhnt. Die Gesichter auf den berühmten Bildern kamen ihr wie Kopien jener Wesen vor, die sie auf ihrem Balkon hatte. Es gab keinen Zweifel mehr: auf ihrem Balkon befanden sich zwölf kleine, außerordentlich kleine Engel, die zur Stunde ruhig atmend in tiefem Schlummer lagen, bis zum Kinn in die chinesischen Handtücher gekuschelt, so daß nur da und dort ein Stück von einem flaumweichen Flügel hervorlugte, der mitunter im Traum raschelnd zuckte. Und nun sprach sie zum erstenmal vor sich selber klar und unmißverständlich die Wahrheit aus, vor der sie sich den ganzen Tag in Vorwände und Ersatzideen geflüchtet hatte: Aus den Eiern auf ihrem Balkon, aus denen gefiederte Fleisch- und Eierproduzenten hervorgehen sollten, waren zwölf Engel geschlüpft. Zwölf Engel, mit denen sie nichts anfangen konnte und die sie verstecken mußte.

Da Frau L. keineswegs religiös war – das hätten ihre materialistisch orientierte Erziehung und ihre philosophische Bildung gar nicht zugelassen –, löste dieses außerordentliche Faktum nicht eigentlich Schrecken, sondern eher Spannung und Neugier bei ihr aus. Und Angst und Verdruß setzten auch noch nicht gleich mit dieser neugewonnenen Erkenntnis ein, sondern erst eine Stufe höher, in dem Moment, da das Phänomen publik werden und zu einer Konfrontation mit allgemeinen Vorurteilen oder zu politischen Konsequenzen führen konnte. Im Grunde war Frau L. weder überraschter noch schockierter, als wenn sich statt der Engel auf ihrem Balkon ein Pegasus, eine Sirene, eine Sphinx oder sonst ein Zwitterwesen von bekanntem kulturellem Status befunden hätte. Doch während sie im Fall eines Pegasus, einer Sirene oder Sphinx – vorausgesetzt, daß es mit Sicherheit weder um eine optische Täuschung noch um einen Traum ging – wie von einem Glücksstreffer beflügelt, umgehend ihre Kollegen, die zuständigen Stellen und Forschungseinrichtungen verständigt und sich unverzüglich an die Abfassung wissenschaftlicher Referate und Berichte gemacht hätte, um eiligst neue Theorien und Auslegungen vorbringen zu können, erschien es ihr wesentlich schwieriger, bekanntzugeben, daß sich auf ihrem Balkon Engel aufhielten. Sie konnte sich nur schwer vorstellen, daß sie, die seit Jahren über ganze Semester ein Seminar zur »Entwicklung atheistischer Vorstellungen im europäischen Denken« gehalten hatte, zum Lehrstuhl für materialistische Philosophie gehen und dort verkünden sollte, auf ihrem Balkon hausten in atlastapezierten und mit chinesischen Frotteetüchern gepolsterten Käfigen zwölf Engel. Selbst wenn sie nur hätte befürchten müssen, sich lächerlich zu machen, wäre das schon Anlaß genug gewesen, alles zu unternehmen, damit nichts davon ruchbar wurde. Doch darum ging es nicht allein, das wußte Frau L. sehr wohl. Wollte man in der gegenwärtigen Situation, da immer heftiger gegen die Ausbreitung von Sekten zu Felde gezogen wurde und die internationale Entspannung einer recht bedrohlichen Belastung ausgesetzt war, so mir nichts, dir nichts von zwölf – schon die Zahl hatte etwas Mystisches – Engeln auf einem Balkon berichten, konnte dies nicht nur ungünstig ausgelegt werden, sondern auch höchst unerwünschte Kommentare nach sich ziehen. Das kam demnach keinesfalls in Frage, doch da Frau L. keine bessere Lösung einfiel, schlief sie schließlich darüber ein, und der Bildband »Italienische Renaissance« rutschte langsam von der Bettdecke und blieb wie ein Fragezeichen auf dem Teppich liegen.

So fand sie ihn am andern Morgen vor, als sie schweißgebadet und vor Schrecken zitternd aus einem entsetzlichen Alptraum erwachte. Ein paar Sekunden blieb sie liegen, die Augen auf eine Reproduktion von Veronese im aufgeschlagenen Buch geheftet, dann schoß sie mit einem fast tierischen Satz aus dem Bett, klappte im Vorbeilaufen das Buch mit dem Fuß zu und rannte zum Waschbecken, wo sie eine ganze Weile vornübergebeugt verharrte, als wollte sie nicht etwa die Reste eines hastig hinuntergeschlungenen Abendessens loswerden, sondern jenen unglaublich real anmutenden Alptraum selber, der ihr seltsamerweise wohl auf die Eingeweide geschlagen war. Sie hatte geträumt, daß sie ihre kulinarischen Pläne umgesetzt habe, als sei nichts Besonderes geschehen und als hätte sie nicht gemerkt, daß aus den Eiern wider Erwarten keine Küken geschlüpft waren, daß sie also mit großem Appetit aus einem der armen gefiederten Wesen ein Geflügelfrikassee bereitet hatte, welches sie arglos und ungeniert unter außerordentlichem Genuß verzehrt hatte, mit einem Hochgefühl, wie es nur im Traum vorkommt. Doch gerade als sie den letzten Happen verschlang, fühlte sie sich von irgendwem beobachtet und sah sich am Tisch dem Alten gegenüber, der ihr die Eier gebracht hatte. Bebend vor Haß schaute er sie an und konnte in seiner Wut kaum richtig sprechen. Frau L. merkte, daß er etwas zu ihr gesagt hatte, aber sie hatte es nicht verstanden oder einfach überhört, deshalb bat sie ihn, es zu wiederholen. Und er sagte denselben Satz noch einmal (erst jetzt wurde Frau L. klar, daß sie ihn schon einmal gehört hatte), doch auch jetzt war der Sinn nicht recht zu verstehen. Und da sagte er ihn zum drittenmal, diesmal ungeheuer deutlich, als kaute er jedes Wort: »Du hast einen Engel gegessen.« Und nach einer von Feindseligkeit und Abscheu geladenen Pause: »Du Unglücksmensch!«

Diesmal hatte sie genau verstanden, wußte aber nicht, was er damit meinte, und verlangte in einem Ton, den sie sonst bei Prüfungen gegenüber ungenügend vorbereiteten Studenten anschlug, er solle endlich sagen, was er wolle, und diese Gleichnisse aus dem Spiel lassen.

»Gleichnisse?« brüllte der Alte auf einmal los und erhob sich, groß wie ein Riese, so daß er mit der Stirn an die Decke stieß und diese gar verschob, je weiter er in die Höhe wuchs. Und von dort, aus höchster Höhe, donnerte seine wahrlich furchterregende Stimme in tiefernstem Ton: »Gleichnisse nennst du das?« Er langte von ganz weit oben nach ihrem Kinn, drückte ihre Kiefer auseinander und zog aus ihrem Mund wie aus einem Sack ein goldgelb flaumiges Flügelchen und dann ein rundliches Kinderärmchen, das wie im Schlaf die Faust zusammenballte. Doch nicht diese seltsame Geste des Alten, auch nicht seine riesige Gestalt und seine unsichtbar von der Decke tönende Stimme waren es gewesen, die Frau L. aus dem Schlaf geschreckt hatten, sondern erst der Anblick dieser Überbleibsel, der ihr nun wieder alles in Erinnerung brachte und ihr zu ihrem unendlichen Grauen vor Augen hielt, was der Alte mehrmals gesagt hatte. Nachdem sie aufgewacht und zum Waschbekken geeilt war, versuchte sie sich weitgehend zu erleichtern, als müßte sie sich von den Spuren einer Sünde reinigen und als wollte sie sich vergewissern, daß, sollte es doch kein Traum gewesen sein, die Schandtat und Entweihung restlos getilgt waren. Als sie sich beruhigt hatte und schließlich ganz zu sich gekommen war, ging sie auf den Balkon hinaus und schaute nach ihren Engeln. Die waren je zu dritt in einen Käfig eingesperrt und schliefen wie die Kätzchen aneinandergekuschelt. Sie hatten immer noch nichts zu essen bekommen, und Frau L. war sich auch nicht schlüssig, was sie ihnen anbieten konnte. Doch da sie auch ohne Nahrung gewachsen waren, brauchten sie vielleicht gar nichts. Durch Unterernährung waren sie jedenfalls nicht umzubringen. Sofort verjagte Frau L. diesen niederträchtigen Einfall und bückte sich, um die Geschöpfe näher zu betrachten, deren ständiges Hin und Her tagsüber jede Untersuchung und Schlußfolgerung zunichte gemacht hatte. Jetzt, da sie ganz unter ihren Flügeln verkrochen und dicht aneinandergedrängt schliefen, wirkten sie wie ein einziger, unglaublich runder und weicher Körper, der von einer lockeren und duftigen Wolke umgeben schien: den strahlenförmig rundherum angelegten Flügeln. Da und dort lugte aus dem gelben Kinderflaum bereits eine deutlicher ausgebildete, hellere, fast silbrige Feder hervor. Wie sie nun so gleichmäßig und im selben Takt atmeten, mit ihren vom Schlaf erhitzten Wangen und den im Traum zuckenden Äuglein, war nichts mehr von jenem widerlich feuchten und schmierigen Eindruck zu merken, der ihnen anfangs angehaftet hatte, im Gegenteil, ihr Anblick weckte beim Betrachter ein warmes Gefühl der Rührung und das plötzliche Bedürfnis, sie zu beschützen. Als Frau L. sich dessen bewußt wurde, zuckte sie zum erstenmal seit Beginn ihres Abenteuers ernstlich entsetzt zusammen und verließ eilig den Balkon. Am schlimmsten war für sie, daß sie sich sehr zusammennehmen mußte, um sich vor Augen zu halten, daß der Vorfall absurd und vielleicht irreal sei und daß es ein Akt des Wahnsinns war, Engel auf dem Balkon zu haben. Im Grunde ihres Herzens aber – besonders wenn ihr sonst so scharfer Verstand sie mal im Stich ließ – merkte Frau L., daß sie sich überraschend schnell auf die Situation eingestellt hatte und daß ihr außerdem die armen Geschöpfe, die da so kindlich schlummerten, jetzt schon vertraut und – wozu leugnen – sympathisch geworden waren. Gewiß, ihre Ebenbilder in Kunst und Kultur hatten viel dazu beigetragen, daß sie sich so rasch umgestellt hatte, schließlich hausten auf ihrem Balkon nichts als ein paar ganz gewöhnliche Abstraktionen der Dichter aller Zeiten, hier freilich in Fleisch und Blut. Denn was kann gewöhnlicher sein als ein Engel? Sicher, viele würden sich wundern, wenn sie selber einem begegneten, aber würde ihn auch nur irgendeiner nicht erkennen? Das änderte natürlich nichts an der Lage der Dinge, und Frau L. hegte keinen Zweifel, wie die Leute um sie herum reagieren würden, wenn sie – in einem plötzlich Anfall von selbstzerfleischendem Exhibitionismus – das sensationelle Geheimnis ihres Balkons preisgegeben und *bewiesen* hätte. Erstens würde niemand, aber absolut niemand ihrer Darstellung Glauben schenken. Alle würden sie heiklere und verwerflichere Hintergründe dabei vermuten, die sie dann auf schnellstem Wege, einander überbietend, zu enthüllen suchen oder, wenn nicht anders möglich, erfinden würden. Allein durch Worte waren sie ganz gewiß nicht zu überzeugen.

Aber wie dann? fragte sich Frau L., doch nur der Form halber, denn niemand stellt eine Frage, ohne nicht schon die Antwort zu ahnen. Und während sie sich zum Weggehen fertigmachte, hielt sie plötzlich im Kämmen inne und ging, ohne noch recht überlegt zu haben, auf den Balkon, öffnete die Käfige und stopfte die ineinander verknäuelten Schläfer leise in die Einkaufstasche, die sie dann behutsam verschloß. Drinnen war ein kurzes, weiches Rascheln zu hören, dann fiel alles wieder in Schlaf. Als hätte sie das Schwerste nun hinter sich, kehrte Frau L. zum Spiegel zurück und kämmte sich zu Ende. Ihre Erleichterung über diesen Entschluß und der leicht euphorische Stolz auf ihren Mut ließen sie all ihre bisher einleuchtenden Befürchtungen vergessen, und nicht ganz frei von Neugier wartete sie gelassen die weitere Entwicklung ab. Denn ihr war klar, daß noch etwas kommen würde. Aber was?

Den ganzen Vormittag über, während der mehr als vierstündigen Sitzung des wissenschaftlichen Rates, schaute Frau L. sich die verschiedenen Gesichter ihrer Kollegen rund um den langen Tisch an und versuchte, sich deren jeweilige Reaktion vorzustellen. Und sicher hätte sie Spaß an dem Spiel gehabt, wenn nicht in der Zwischenzeit – während sie nach außen hin den ewiggleichen, professoral vorgetragenen Phrasen zu folgen suchte – ihr ganzes Sinnen und Trachten darauf ausgerichtet gewesen wäre, einen geeigneten Moment und die rechte Gelegenheit abzupassen. Doch da ihr dies wohl nicht gelingen wollte oder weil sie vielleicht auch wußte, daß es nun soweit war, ließ sie ihre rechte Hand in die Einkaufstasche an ihrer Stuhllehne gleiten, und während sie ihre Finger im angenehm seidenweichen Flaum und zwischen den Flügeln vergrub, wanderten ihre Augen gelassen und doch gespannt über die Gesichter, als suchte sie noch im letzten Augenblick nach einem Anlaß, aufzugeben, oder aber im Gegenteil nach einer Vorankündigung, was ihnen in den nächsten Minuten abzulesen sein würde. Dann zog sie, mit einer fast unmerklichen Geste und ohne die Augen abzuwenden, einen Engel nach dem anderen hervor und setzte sie auf den langen Konferenztisch. Als Frau L. die winzigen Wesen behutsam auf dem scharlachroten, tintenbeklecksten und von Brandlöchern unzähliger Sitzungen übersäten Tischtuch absetzte, blieben diese eine Sekunde wie verloren zwischen Papieren, Broschüren, Kugelschreibern, Wassergläsern und Kaffeetassen hocken, doch dann sausten sie mit einer kindlichen Neugier, die jede Eingewöhnungspause überflüssig macht, jeweils los, ohne noch auf die übrigen Gefährten zu warten, so als hätten sie keine Zeit mehr zu verlieren. Nachdem Frau L. alle hervorgeholt hatte, ließ sie die Hände in den Schoß sinken und fühlte sich wundersam aller Anspannung der letzten Tage enthoben, die sie jetzt erst richtig zu spüren bekam. Sie schloß die Augen und wartete. Sie spürte, wie die Engel über den Tisch ausschwärmten, sich über die Tassen beugten, zwischen den Papieren raschelten und mit den Federhaltern spielten. Dann hörte sie ein Rauschen und wußte, daß sich einige in die Luft erhoben hatten. Und sie stellte sich vor, wie die Kleinen den augenblicklichen Redner umflatterten. Doch schon im nächsten Moment erstarb die Stimme des Redners abrupt und löste wie ein Wundermechanismus eine unglaubliche Stille aus, eine Art Vorspiel zu einer Explosion. Frau L. aber hielt die Augen weiter geschlossen und ließ den Dingen ihren Lauf.

Kopie eines Alptraums

Ich hatte mich auf die Suche nach einer Privatbäckerei gemacht, über die ich irgendwann beim Schlangestehen Wunderdinge gehört hatte, und war dabei in ein entlegenes und mir völlig unbekanntes Viertel geraten. Ich hatte die Bäckerei auch gefunden, die den etwas schmuddligen, ja verlotterten und doch nicht ganz reizlosen Anblick jener Kramläden bot, wie ich sie noch aus frühester Kindheit kannte, wo es neben Seidenkissenbonbons und Öl vom Faß, neben Prager Schinken und Lampendochten Traubenzucker, Fliegenfänger, Vanillestangen, Marmelade, Hefe und Maismehl zu kaufen gab. In dem unergründlichen Halbdunkel dort hatte es immer nach einem nostalgisch anmutenden Nebeneinander von Zimt, Petroleum und ranzigem Fett gerochen. Hier aber waren es herrliche, mit Schlagsahne dekorierte Schokoladentorten, ganze Berge mandschurischen Kaviars, Salamiwürste aus Sibiu und riesige Oliven, die unter fliegendreckgesprenkelten Zellophanhüllen auf den schmierigen alten Regalen auslagen. Ich kann mich erinnern, daß ich mit einer gewissen Zurückhaltung und einem unguten Gefühl von jedem etwas kaufte, als wäre ich mir nicht sicher, daß es das wirklich gab, und als rechnete ich jeden Moment damit, daß alles verschwinden und mich, das Geld schon in Händen, meinem Mißgeschick überlassen könnte. Es passierte jedoch nichts dergleichen, und so wandte ich mich zum Gehen, zufrieden, gewiß, aber auch ein wenig pikiert, daß die anderen Kunden, Vorstädter und Frauen vom Bau, offenbar an diesen Überfluß gewöhnt waren und mit herablassender Miene gleichmütig ihre Einkäufe tätigten. Ihr ungeniertes Benehmen verwies mich, und sei es auch nur unterderhand, in eine andere, minderwertigere Welt, so daß ich Angst bekam, unerlaubterweise in ihr Reich eingedrungen zu sein, aus dem ich wieder vertrieben werden konnte. Also strebte ich rasch hinaus, wurde aber etwas verunsichert, weil am Türrahmen ein Bulle von einem Mann mit hochrotem, schweißglänzendem Gesicht lehnte, der eine wadenlange Gummischürze und darunter, faltig in seine Schaftstiefel gestopft, eine schwer definierbare Uniformhose trug. Da der Koloß mit dem Rücken zu mir nach draußen schaute, wähnte ich mich frohgemut außerhalb seines Interesses und versuchte mich durch den verbliebenen schmalen Spalt hinauszuschlängeln. Ich war schon fast durch, da umklammerte der Riese mit einer unauffälligen Handbewegung meinen Arm.

»Junger Mann«, sagte ich, »was erlauben Sie sich?« Doch meine Stimme klang wohl nicht sehr überzeugend, und ich erinnere mich, daß ich im Grunde darauf gefaßt gewesen war. »Lassen sie mich sofort los«, fügte ich hinzu, ohne mich jedoch über den Vorfall weiter zu wundern, und da die ausbleibende Verwunderung fast wie Zustimmung aussah, verlor mein Protest zu einem gut Teil an Schwung.

Inzwischen hatte mich der Mann, der auf etwas unsicheren Füßen stand und mir den Eindruck eines Betrunkenen machte, hinter sich her auf die Straße gezogen, auf einen unbebauten Platz hinaus, der, bewacht von einem Essigbaum, inmitten von geduckten Vorstadthäuschen mit langgestreckten, von Weinreben überrankten Gärten lag. Als ich mich loszuwinden versuchte, rutschte seine schweißfeuchte Hand auf meinem nackten Arm ein Stückchen hin und her, so daß meine Haut klebrig davon wurde. Er machte in einer eigenartigen Positur halt, wobei es ihm gelang, einen meiner Füße zwischen seinen riesigen Stiefeln einzuklemmen, so daß ich nun weder Arm noch Bein bewegen konnte, und obwohl ich mich so weit zurückbog, daß ich mich fast verrenkte, schlug mir dennoch der unerträgliche Atem eines fetten, verschwitzten Säufers und Rauchers entgegen. Er sagte kein Wort, schaute mich nicht einmal an, sondern hielt mich lediglich wie unbeteiligt fest, so daß mir langsam Zweifel kamen, ob überhaupt ich es war, die da in Gewahrsam genommen werden sollte.

»Mein Herr«, rief ich, im guten Glauben, ihm vielleicht damit zu schmeicheln, und schlug einen für den Abstand zwischen uns viel zu lauten Ton an, weil gegen sein Desinteresse offenbar schwer anzukommen war und weil ich zugleich hoffte, durch mein Schreien irgend jemandes Hilfe erwirken zu können. »Mein Herr, ich kenne Sie nicht, und wahrscheinlich kennen Sie mich ebenfalls nicht, lassen Sie mich bitte sofort los. Bitte, schauen Sie mich wenigstens an und überzeugen Sie sich doch selber, daß Sie mich nicht kennen und mich loslassen müssen.«

Wie ich gehofft hatte, schienen meine Rufe ein paar Neugierige anzulocken. Oder vielleicht waren es auch nur Kunden, die zum Bäckerladen wollten. Wie auch immer, ich wähnte mich gerettet.

»Helfen Sie mir!« rief ich ihnen zu, als ich sie näher kommen sah. »Retten Sie mich. Ich kenne diesen Menschen nicht und weiß auch nicht, was er von mir will. Er ist anscheinend betrunken, vielleicht aber auch verrückt. Helfen Sie mir bitte, meinen Arm und Fuß freizubekommen.«

Sie aber blieben in demonstrativer Entfernung stehen und schauten, nicht im mindesten zum Eingreifen bereit, neugierig herüber, wobei sie sich wie Zuschauer, die auf der Bühne nicht zu hören sind, in allerlei Bemerkungen und Vermutungen ergingen.

»Wer weiß, was mit ihr los ist«, sagte einer, der wahrscheinlich aus einem der umliegenden Anwesen kam, da er eine Weinschere in der Hand hielt und noch Erde an seinen Fingern klebte.

»Bei einem Mann und einer Frau sollte man sich nie einmischen«, meinte ein anderer, der ein zusammengeknülltes Nylonnetz in der Hand hatte, ein Zeichen, daß er zum Einkaufen wollte.

»Aber das ist nicht mein Mann, ich kenne ihn nicht einmal, ich habe ihn noch nie in meinem Leben gesehen«, rief ich ihnen verzweifelt zu, denn mir wollte nicht in den Kopf, daß man diesen nach billigem Fusel stinkenden Fettberg für meinen Mann halten konnte, doch mir war gleichzeitig klar, daß man mir keinen Glauben schenkte und daß ich den Anschein erweckte, als wolle ich mich rechtfertigen, was mir nur zum Nachteil gereichte, während hingegen die unausgesprochene Passivität dieses Rohlings offenbar den allerbesten Eindruck auf die Leute machte. Der Zuschauerkreis war größer geworden, zudem hatten viele Schaulustige gewechselt, da die ersten des Zusehens überdrüssig geworden und andere an ihre Stelle getreten waren, die nun deren Kommentare übernahmen und die ich abermals immer flehentlicher um Hilfe anrief. Einige kamen auch rasch angetrabt, als wollten sie mir zu Hilfe eilen, doch sobald sie zur Stelle waren, blieben sie stehen, so als entdeckten sie aus der Nähe irgend etwas an der Szene, was ihnen Zurückhaltung gebot. Mir war nicht klar, was das sein mochte, und vor allem wollte mir nicht einleuchten, wieso denn nicht allen die deutliche Diskrepanz zwischen mir und dem, der mich da gefangenhielt, auffiel und wie man bei unserem Anblick überhaupt auf die Idee kommen konnte, wir hätten etwas miteinander.

»Helfen Sie mir doch!« rief ich, meiner eigenen Stimme schon müde, und versuchte währenddessen meinen blau angelaufenen und tüchtig schmerzenden Arm loszureißen. »Erlösen Sie mich, ich kenne ihn nicht und weiß nicht, wer er ist, ich habe nichts mit ihm zu schaffen. Retten Sie mich doch bloß.«

Ich heulte bereits, und das Reden war mir auch vergangen, da entdeckte ich unter Tränen in dem weiten Zuschauerkreis das bekannte Gesicht eines Kollegen aus der Redaktion. Mit der noch freien Hand, der schon längst die gekauften Sachen entglitten waren, die, aus dem Einwickelpapier gerutscht, im Straßenstaub lagen, wischte ich mir rasch über die Augen. Er war es tatsächlich. Unsere Blicke kreuzten sich, und er grüßte mich übertrieben respektvoll, was ganz und gar nicht zu unserem sonst kameradschaftlichen Verhältnis paßte.

»Welch ein Glück«, rief ich ihm zu, »daß es dich hierher verschlagen hat. Hast du auch von dieser Bäckerei gehört? Sieh nur, was mir passiert ist. Ein besoffener Kretin, der sich da auf mich gestürzt hat. Hilf mir mal, meinen Arm aus seinen Klauen zu befreien.«

Doch mein Kollege rührte sich nicht vom Fleck, sondern starrte mich durchdringend an, als wollte er mir eine Botschaft übermitteln, die er nicht auszusprechen wagte.

»Das ist mein Geschick«, redete ich weiter und versuchte zu lachen. »Ich habe ein echtes Talent, mich unfreiwillig mit Verrückten zu umgeben. Du weißt ja, sogar in der Redaktion werde ich oftmals von allen möglichen Psychopathen heimgesucht. Was wartest du noch? Komm her und hilf mir, mich loszumachen! Victor, hast du denn auch den Verstand verloren, wozu stehst du noch da?« Victor aber schaute mich, ohne sich zu rühren, unendlich traurig an, voll Bedauern, daß ich ihn zum Sprechen zwang.

»Ich kann dir nicht helfen«, sagte er zu mir, seine Worte leicht pedantisch und übertrieben deutlich artikulierend, als stünde er auf einer Bühne oder vor einem Mikrophon. »Der da ist sehr stark, und es tut mir außerordentlich leid, daß du nicht merkst, in welcher Lage du steckst.« Und er zeigte sich dabei keineswegs ob seiner Feigheit verlegen oder beschämt, sondern wirkte eher durch mein taktloses Drängen beleidigt.

»Aber ihr seid doch viele«, schrie ich ihn an, empört über soviel Furchtsamkeit. »Ihr braucht ihn bloß festzuhalten, damit ich meinen Arm freibekomme.«

»Tut mir leid, du verkennst die Situation«, sprach er nochmals im gleichen gemessenen Ton und schaute mich unbeirrt an, nach wie vor bemüht, mir etwas zu übermitteln, was sich meinem Verständnis entzog. Seltsam, daß mir, obwohl das Ganze wie ein Alptraum war, nicht einen Moment lang der Gedanke kam, der Vorfall sei gar nicht wahr und ich träume bloß. Im Gegenteil, mir schien alles ganz wirklich, sogar viel zu wirklich: die Gesichter, die mich anstarrten, die Wortfetzen, die ich aufschnappte, der widerliche Geruch dieses Kerls, der mich festhielt, und sein widersinniges Schweigen, die lächerlichen Umstände, die doch nicht ganz über meine aussichtslose Lage hinwegzutäuschen vermochten und die nichts als den plumpen, aber überzeugenden Abklatsch eines Alptraums darstellten.

In meiner Wut, die wie eine Gegenkraft schubweise in mir hochstieg, entdeckte ich mit überwirklich geschärften Sinnen unter den Zuschauern, deren Reihen sich angesichts des monotonen Schauspiels gelichtet hatten, zwei blutjunge Soldaten, wahrscheinlich frischgebackene Rekruten, deren noch kindliche Gesichter und kahle Hälse, ihrer wohl erst unlängst gestutzten, schützenden Mähnen beraubt, zart und weiß aus den Uniformen hervorlugten.

»Jungs«, rief ich ihnen zu, als ich ihre freundlich und solidarisch gesonnenen Blicke wahrnahm, »helft ihr mir wenigstens, ihr könnt doch nicht auch Angst haben, die Armee hat seit jeher Courage gezeigt. Die hat sich doch noch von keinem Rohling oder Giganten ins Bockshorn jagen lassen. Rettet mich!«

Zu meiner grenzenlosen und ungläubigen Freude sah ich, daß sie – anscheinend geschmeichelt (bildete ich mir in meiner Naivität ein), weil ich sie so vertrauensvoll herbeigerufen hatte – näher traten. Als sie bis auf einen knappen halben Meter heran waren, gingen sie vorsichtig um das absurde Paar herum, das ich zusammen mit meinem Kerkermeister bildete, und beherzt zog der eine von ihnen dem Ungetüm hinten, wo die Schürze nicht hinreichte, ehe ich mich versah, ein Messer mit beidseitig geschliffener, kurzer Schneide aus der Hosentasche. Und als stünde nichts für ihn auf dem Spiel, unterzog er es gleich dort, in unmittelbarer Nähe des Riesen, einer Prüfung, kontrollierte seine Schärfe, befingerte den Griff und reichte es dem anderen zur Begutachtung weiter. Dann steckten die beiden, wie zu einem Schluß gekommen, das Messer vorsichtig wieder an seine alte Stelle und sagten mir leise in kumpelhaft vertraulichem Ton, als teilten sie mir ein Geheimnis mit, das mich retten könnte: »Den kann man nicht angreifen, der ist bewaffnet.«

Und zufrieden, sich ehrenvoll ihrer Pflicht entledigt zu haben, entfernten sie sich in aller Freundschaft, sie hatten anderes zu tun.

An meinem eigenen Verstande zweifelnd und mit meinen Kräften völlig am Ende, gab ich den Widerstand auf und verstummte eine Weile. In der nun eintretenden Stille war zu hören, wie der Trunkenbold sabbernd und wie im Schlaf vor sich hin fluchte. Die Zuschauer hatten sich enttäuscht zerstreut. Geblieben waren nur Victor, der mich immer noch beharrlich und undurchdringlich anstarrte, und ein hochgewachsener Mann, offensichtlich ein Intellektueller, sowie ein paar alte Frauen aus der Nachbarschaft, die den Saufbold bemitleideten und, frohlockend, daß ich ihren Tadel mitanhören muße, lauthals über meine Kleidung und Haarfarbe herzogen.

Ich hatte keinerlei Hoffnung mehr, und ich konnte mir auch nicht vorstellen, wie dieser Zwischenfall ausgehen sollte. Mich überkam grenzenlose Müdigkeit, und nur noch gehalten von der Faust, die sich wie eine bleibende Fessel um meinen Oberarm spannte, war ich nahe daran, umzusinken, als sich plötzlich mein Blick mit dem des Intellektuellen kreuzte und dieser, so als sei gar nichts geschehen oder als sei es nichts Ungewöhnliches, was mir da widerfuhr, in ehrerbietigem, beinah flehendem Ton das Wort an mich richtete, fast als ob ich es wäre, die ihm helfen müßte.

»Ich kenne Sie irgendwoher, kann mich aber nicht erinnern, woher«, sagte er errötend und ein bißchen beschämt. »Haben Sie vielleicht im Scînteia-Haus oder in der Sahia-Poliklinik gearbeitet?«

Ich schüttelte verblüfft den Kopf und hauchte entmutigt: »Retten Sie mich bitte, Sie brauchen mir nur zu helfen, seine Hand von meinem Arm loszumachen. Ich kenne den Mann nicht und weiß nicht, was er von mir will.«

Doch als hätte er mich nicht gehört, hob er die Hand, wie um sich die Stirn zu reiben, ließ aber im letzten Moment davon ab und rief mir plötzlich fröhlich zu: »Oh, es ist mir eingefallen, Sie brauchen nicht mehr zu antworten, ich kenne Sie überhaupt nicht, Sie sehen bloß jemandem ähnlich, ungeheuer ähnlich.«

»Ich weiß nicht, wem ich ähnlich sehe«, flüsterte ich, »aber helfen Sie mir bitte, ich flehe Sie an, helfen Sie mir!«

Er aber, gänzlich taub und vollauf mit seiner eigenen Entdeckung beschäftigt, starrte mich unverwandt an, dann lief er sogar unvorstellbar entzückt im Kreis um mich herum.

»Das ist ja eine verblüffende Ähnlichkeit, vielleicht haben auch Sie davon gehört, sicher haben Ihnen schon andere gesagt, daß Sie wie Ana Blandiana aussehen. Die Ähnlichkeit ist absolut faszinierend.«

»Nein«, sagte ich in einer Anwandlung von Hoffnung und dennoch beschämt, weil ich dies bisher noch nie getan hatte, »ich sehe nicht nur so aus, ich bin es sogar. Ich heiße Ana Blandiana, und ich freue mich, daß wir uns kennen, aber jetzt helfen Sie mir bitte.«

Doch er rührte keinen Finger. Er war stehengeblieben und glotzte mich wie abgestumpft an, mit einem Anflug von Widerwillen. Mein Eingeständnis schien ihm die Freude an seiner Entdeckung verdorben zu haben, vielleicht war er sich auch nicht sicher, ob er mir glauben sollte oder nicht. Als ich merkte, daß er ratlos schwankte, wie er sich aus der Affäre ziehen könnte, packte mich erneut Verzweiflung, eine Art hemmungsloser, dreister Verzweiflung, und ich schrie mit hysterischer Stimme, wie ich sie bisher nicht von mir gekannt hatte, mit einem Angeberdrang, den ich nicht an mir vermutet hatte: »Mein Herr, gehen Sie nicht fort, lassen Sie mich doch nicht allein. Ich bin es wirklich, Ana Blandiana, die Sie im Fernsehen gesehen haben, und wenn Sie mir nicht glauben wollen, fragen Sie nur meinen Kollegen aus der Redaktion.« Da aber Victor inzwischen verschwunden war, schrie ich voll wachsender Angst und in der Gewißheit, daß man mir ja doch nicht glauben werde, laut heulend weiter: »Ich kann Ihnen auch Gedichte vortragen, kann Ihnen sagen, wann ich geboren wurde, welche Bücher ich veröffentlicht habe und woher mein Pseudonym stammt, das können Sie in jedem Lexikon der Gegenwartsliteratur nachprüfen.«

Ich hatte das Gefühl, als risse ich mir die Kleider vom

Leibe und als werde mir immer kälter dabei, allein, ich konnte mich nicht mehr bremsen, mir auch noch die restlichen Fetzen, die allerletzten Lumpen herunterzureißen. Und während ich heulte und flehte, versuchte ich mich an seinem Ärmel festzukrallen, indes er sich verstimmt zum Gehen wandte und dabei peinlich berührt stammelte: »Nein, ich glaube, ich habe mich geirrt, Sie sehen ihr doch nicht so sehr ähnlich. Entschuldigen Sie bitte, solche Verwechslungen unterlaufen mir öfter. Lassen Sie mich los, bitte lassen Sie mich los.«

Doch ich hielt ihn weiter verzweifelt fest, und da ich spürte, daß meine Finger erlahmten, packte ich ihn mit der anderen Hand am Mantelsaum. Da erstarrte ich: Meine beiden Hände waren frei. Auch mein Fuß war frei. Mein Wächter hatte mich freigegeben und wühlte in veränderter Haltung in seinen Hosentaschen unter der Schürze. Dann zog er ein großes Schnupftuch hervor und wischte sich übers Gesicht, als sei er gerade aufgewacht. Er stand sogar ein paar Schritte von mir entfernt, so daß ich für einen Moment dachte, er habe mich zu keiner Zeit umklammert gehalten. Hastig warf ich einen Blick auf meinen Arm, konnte aber lediglich einen schwachen blauen Streifen entdecken, so rund wie ein Armreif und viel schmaler, als ich erwartet hatte. Doch merkwürdig, diese Feststellung tat irgendwie weh, war jedenfalls ein harter Schlag – nie und nimmer würde ich erfahren, seit wann ich frei war, noch, wie lange ich es vorher nicht gewesen war. Ich spreizte meine steifgewordenen Finger und entfernte mich leise, erst einen Schritt, dann mehrere. Der Riese wischte sich gerade sorgfältig sein geschwollenes Handgelenk, so als sei er von jemandem mit festem Griff gepackt worden und habe beinah eine Verletzung davongetragen. Die Frauen aus der Nachbarschaft wandten sich anderen Themen zu, und der Intellektuelle zog mit beleidigter Miene seine Kleider zurecht. Niemand schenkte mir mehr Beachtung.

Einen Augenblick wollte ich kehrtmachen und davonlaufen, um mir dadurch zu beweisen, daß ich wirklich frei war, doch im nächsten Moment wurde mir klar, daß ich nie mehr frei sein könnte, falls es mir nicht zu ergründen gelänge, warum ich es für die Dauer dieses Alptraums nicht war. Und ich blieb stehen.

Auf dem Lande

Seit Jahren war ich höchstens mal aus der Stadt herausgekommen, wenn ich in eine andere wollte, und damit ich mich unterwegs nicht langweilte, hatte ich mir stets vorsorglich ein Buch oder Zeitschriften eingesteckt, die ich, wie sonst nie, vom Titel bis zur Anschrift der Redaktion und Verwaltung auf der letzten Seite durchlas und, wenn ich angekommen war, zusammenfaltete und sorgfältig im Koffer verstaute – als würde ich sie nicht ohnehin ein paar Stunden oder Tage später wegwerfen, ohne noch einen Blick daran zu verschwenden –, wobei ich mir sagte: Ich habe keine Zeit verloren, sondern drei Zeitschriften gelesen. Oder auch vier oder fünf, je nach Dauer der Reise. Ich schaute nämlich nicht gern aus dem Fenster, das erschien mir langweilig und unnütz; nach meinem Dafürhalten war das Höchste an einer Reise, so ausgefallen es auch sein mag, wenn man nicht merkte, daß man unterwegs gewesen war. Und obwohl ich weiß, daß es der reine Blödsinn ist, muß ich etwas vorausschikken, damit Sie verstehen, was eigentlich nicht zu glauben ist, und zwar, daß ich vor diesem Zeitpunkt, von dem ich Ihnen erzählen möchte, oder zumindest seit ich ein ganzer Mensch, sozusagen erwachsen bin, kein Feld mehr angesehen hatte. Sonst würden Sie nur sehr wenig oder überhaupt nichts verstehen von dem, was ich Ihnen erzählen möchte. In meiner Kindheit, vor über zwanzig Jahren, ja, da hatte ich es getan, und seltsamerweise kann ich mich nach so langer Zeit noch ganz genau daran erinnern. Man hatte mir gesagt, daß ich zu den Großeltern aufs Land gebracht werde. Ich war wohl vier oder fünf Jahre alt und wurde in ein Auto gesetzt, an das ich mich nicht mehr so recht erinnere, vielleich war es die Fahrerkabine eines Lastwagens oder irgend etwas anderes, jedenfalls ein kleines, dahingleitendes Gehäuse, vorn mit einer großen Glasscheibe, einem Bildschirm, wo unter meinem unermüdlichen Blick Stunde für Stunde eine endlos erscheinende Ebene abrollte, derweil ich mich, bei irgendwem auf dem Schoß sitzend, von Zeit zu Zeit erkundigte: »Wo ist denn das Land? Wann sind wir endlich auf dem Land?« Ich weiß nicht mehr, was für Vorstellungen ich vom Lande hatte, aber ich kann mich erinnern, daß ich unablässig auf diese Ebene starrte, um es sofort zu erspähen, wenn es auftauchen sollte, und ich weiß noch, wie tief ich mich getroffen fühlte – so bebend vor Kränkung und dicht am Rande eines Tränenausbruchs, wie man es nur als Kind erlebt und im Gedächtnis behält –, als jemand, vermutlich der vielen Fragerei überdrüssig, beiläufig zu mir sagte: »Da ist doch das Land.« Und ich, die ich nichts mehr begriff und plötzlich diese Flur, die schon seit Stunden da war, voll abergläubischen Schreckens anstarrte, als hätte ich schlagartig erkannt, daß sie etwas für mich Unsichtbares und Unergründliches, aber doch nicht minder Wichtiges, ja vielleicht sogar Bedrohliches bereithielt, ich hatte gerade noch die Kraft zu fragen: »Wo hat es denn angefangen?«, bevor ich ein anhaltendes Wehgeschrei anstimmte, wofür man als Kind meistens Prügel bezieht, damit man dann wirklich einen Grund zum Heulen hat.

Den Entschluß, noch einmal jenes Dorf aufzusuchen, das Dorf meiner längst verstorbenen Großeltern, in dem ich schon eine halbe Ewigkeit nicht mehr gewesen war, hatte ich urplötzlich und beinah ohne jeden Grund gefaßt. Ich will damit sagen, daß mich nichts zu dieser Reise trieb, nicht einmal Wehmut. Ich wußte, daß ich dort niemanden mehr hatte, und ich war nicht einmal sicher, ob das Haus der Alten noch stand. An die Landschaft hatte ich gar nicht gedacht. Und doch war sie es, die ich daselbst vorfand, und dies obendrein auf eine so umwerfende Art, daß ich mich, nachdem der Schock des Wiedersehens vorüber war, ernsthaft fragen mußte, ob mich etwa heimliche, unerkannte Zwänge hergeführt hatten, so sehr schienen Feld und Flur darauf gewartet zu haben, sich zu zeigen und sich sehen zu lassen. Wie soll ich mit meiner Beschreibung beginnen? Es war Spätherbst, vielleicht hätte es gar schon Winter sein müssen, aber ein von seiner eigenen Schlappheit gezeichneter Winter, erschlafft vor Unentschiedenheit, verkleistert von gefrorenem, dann aufgetautem und abermals überfrorenem Schlamm. Trotz der fortgeschrittenen Morgenstunde herrschte noch Dunkel, ein unstetes Zwielicht, und der niedrige Himmel hing so tief es ging, als suchte er wahrhaftig die Erde zu berühren. Die aber war endlos. Die Landstraße schien mitten durch sie hindurchzugehen, doch das täuschte sicher bloß, da sie am Rande abgerundet war: wo man sich auch befindet, sorgt der Horizont doch dafür, daß man sich im Mittelpunkt des Universums wähnt. Ja, dieses Universum, in dem ich der einzige Bewohner zu sein schien, das Universum, das mich herbeordert hatte, ohne mir zu sagen warum, und das mich jetzt vorwärts trieb, ohne mir zu sagen wohin, es hatte etwas Absonderliches und Widernatürliches an sich, etwas, was nach meinem Empfinden, auch wenn ich es noch nicht genau sagen konnte, nicht hätte sein dürfen. Mir war zwar nicht klar, ob mich ebendieses beunruhigende Etwas, dessen Ursprung ich noch nicht hätte benennen können, hergeführt hatte, aber ich merkte, daß ich, je weiter ich kam, immer tiefer zum – klitschigen und klebrigen – Kern des Übels oder auch nur des Rätsels von Feld und Flur vorstieß. Und nachdem ich die Landschaft nun auf der stundenlangen Fahrt beobachtet hatte, kam mir, noch ehe ich haltmachte, zweierlei unnatürlich daran vor: ihr Farbton und die Tatsache, daß sie sich bewegte. Ihre Farbe war gelb, goldgelb sogar, doch es war ein bröckliges, stellenweise von großen schwarzen Flecken durchbrochenes Goldgelb, das durch eine ebenfalls schwarze, aber anscheinend eher schlüpfrig-glänzende Bewegung in Unruhe und Spannung gehalten wurde. Ich hatte, bevor das Auto hielt, wahrhaftig das Gefühl, als handelte es sich um eine Spannung, um einen noch nicht entschiedenen Wettbewerb zwischen Gelb und Schwarz, so, als wohnte ich einem Kampf bei, in dem die beiden Farben versuchten, jeweils die Oberhand zu gewinnen, indem eine der anderen auf die Schulter stieg, wieder herunterfiel und darauf von neuem Anlauf nahm, und dies über tausend und aber tausend Hektar hinweg, über Hunderte Kilometer eines hin und her wogenden Feldes, das von einer undefinierbaren lebendigen Substanz in zwei Farben überzogen war. Denn auf den ersten Blick schon war klar, daß sich die Erdschollen des Feldes, ob goldgelb oder schwarz, weit über das übliche Maß nach oben wölbten, die Ackerkrume war dermaßen aufgeworfen, als sei eine massige Paste aus verschiedenen Farben ungleichmäßig zerquetscht und über die gesamte Fläche verteilt worden, so daß sich die Landstraße, in ihrer alten Höhe verlaufend, wie zwischen zwei äußerst unschlüssig und fragend hochgezogenen eckigen Schultern eingrub. Als ich anhielt – und ich tat dies fast ängstlich, weil die rätselhaft wogende Masse anscheinend Anstalten machte, ihren Platz zu verändern und, über dem lächerlichen Straßenzug zusammenwachsend, mich zu umfangen –, da zog sich das vom raschen Vorbeifahren verzerrte Bild in seine realen Konturen zurück, und mir bot sich der faszinierende Anblick einer Flur, wie ich sie noch nie gesehen hatte und die ganz anders aussah als das, was ich vorzeiten zu Gesicht bekommen und was ich – sofern ich überhaupt einmal daran gedacht hatte – meiner Vorstellung nach erwartet hatte. Der frappierendste Unterschied zu dem, was ich mir unter einem Feld vorstellte, war, daß die Ackerkrume fehlte, daß keine Erde zu sehen war. Sie war etwa einen Meter hoch, vielleicht auch höher, mit einer dicken Schicht von Körnern und Maiskolben und Samen bedeckt, unter denen Tausende und aber Tausende, möglicherweise Millionen der verschiedensten Lebewesen umherkrabbelten, durcheinanderquirlten und hin und her liefen – Würmer wie Käfer, Mäuse und Wiesel, ob mit oder ohne Augen, ob mit oder ohne Fell, mit oder ohne Fühler, Vierbeiner, Tausendfüßler, Kriechtiere und sogar Vögel, denn über diesem unglaublich lebendigen und unternehmungslustigen Durcheinander kreisten ganze Geschwader von Raben, die in rasantem Gleitflug einherschwebten und sich mühsam balancierend auf diesem ewig rutschenden Teppich niederließen. Und da sich alles regte und bewegte, wirkten selbst die Maiskörner, die nach allen Seiten geschoben, abwärts gezogen oder nach oben geschleudert wurden, lebendig und mobil. Auch sie bewegten sich wie rasend, ließen sich verschlingen, wurden von selber ausgelaugt, verfaulten, bedeckten sich mit einer Schimmelschicht, sonderten Schleim ab, vergoren zu Alkohol und verströmten einen Pesthauch; sie ließen sich nach unten gleiten, tief in den Acker hinein, um dort zu keimen und von neuem zart und bleich in Gestalt eines grünlich angehauchten, aber fast durchsichtigen schleimigen Schößlings ans Tageslicht zu stoßen, der sich zäh und zielstrebig zwischen Käferbäuchen und Rattenschwänzen, zwischen Rabenkrallen und Maulwurfschnauzen nach oben schiebt und der schließlich an die trübe Luft gelangt, um dort, völlig fehl am Platze, sein Schicksal über Gebühr zu vollenden, um zu wachsen, Frucht zu tragen und sich der so lebendigen Fäulnis wieder zuzugesellen, durch die er sich erfolgreich hindurchgekämpft hatte und die er weiter am Leben halten sollte. Doch charakteristisch an dieser Szenerie – die sich, kaum als real erkannt, auf eine seltsame Art und Weise, fast krampfartig den Zügeln des Wahrscheinlichen entwand und ins Symbolische und Alptraumhafte abzugleiten drohte – war nicht etwa das simple Hin und Her, sondern dieses Schlingen und Verdauen, die verborgene Beschäftigung der Verdauungsorgane. Und nicht nur die Kriechtiere, die Insekten und Vögel hatten sich über den Mais hergemacht, sondern auch der Mais selber schien Säuger wie Insekten zu verschlingen, so sehr wogten die Körner hin und her und drohten die anderen Lebewesen zu verschlucken, für kurze Zeit gelang es ihnen sogar, sie unter sich zu begraben, im nächsten Moment aber wurden sie wiederum vom Selbsterhaltungstrieb der anderen überrollt, und dies alles pausenlos und unentwegt, in einem bunten, schmutzigen Brodeln, einem Geraschel und Gekrabbel, einem ekelerregenden, anstößigen Aufruhr, der jedoch nicht einer gewissen Großartigkeit entbehrte, mit der das Leben immer und überall, irgendwie und durch irgendwas überdauert. Schwer zu sagen, wer in diesem unendlich vitalen Kampf der Sieger war und wer nicht: schwer zu sagen, wenn sich da die Raben auf die Käfer, die Würmer und Hamster stürzten oder wenn umgekehrt die Käfer und Würmer und Hamster zum Angriff übergingen, an den Vogelbeinen hochkletterten und sich im Gefieder verbissen; wie übrigens auch nicht ersichtlich war, was die Raben hergelockt hatte: die noch nicht angeknabberten quicklebendigen Maiskörner oder die vollgefressenen Kadaver der Plünderer selber. Auf jeden Fall aber schienen der ungewohnt tiefhängende Himmel und sogar die von ihren eigenen Früchten und Exkrementen geplagte Erde nur auf den rechten Moment zu warten, um sich über diesem ganzen widersprüchlichen, lebendigen und zugleich doch lebensunwürdigen Universum zu schließen. Starr vor Ekel stand ich vor diesem uferlosen Gebrodel und fragte mich, ob wohl alle Felder, an denen ich – sparsam im Umgang mit meiner Zeit und Aufmerksamkeit, entweder in die Lektüre von Büchern vertieft oder in Zeitschriften blätternd und ohne einen Blick aus dem Fenster zu werfen – zeit meines Lebens vorbeigekommen war, genauso aussahen wie dieses hier. Eine Frage, die freilich nur in dem Falle gilt, daß es mehrerlei Felder auf der Welt gibt und daß es sich nicht um eine einzige riesige und ständig räubernde Steppe handelt. Und – ob so oder so – ich spürte, wie meine Lippen bebten, meine Lider flatterten und sich in meiner Brust ein Ohnmachtsschrei zusammenballte, wie er sich nur bei einem Kind noch unbeherrscht zu entladen wagt, so daß ich nun alle Kraft zusammennehmen mußte, um, freilich ohne im mindesten auf Antwort zu rechnen, ein weiteres Mal zu fragen: Wann hat es nur angefangen?

Ich hatte vor dem Dorfeingang haltgemacht, und von dort aus wirkte das Dorf aschgrau und winzig und ungeheuer vergänglich in der immerwährenden vitalen Umarmung der Ebene, die es von allen Seiten drohend einkreiste. So wie es sich darbot, scheinbar zusammengekringelt und, so gut es ging, in sich zurückgezogen, einzig und allein von ein paar hochtrabenden Nußbäumen gekrönt, die sich nicht tarnen ließen, war es geradezu ein Wunder, daß es trotzdem überlebt hatte und nicht von jener quicklebendigen Paste, die von Horizont zu Horizont reichte, überdeckt worden war. Überleben ist freilich ein reichlich ungenauer Ausdruck für jenen Zustand, der weiter vom Leben entfernt war als von dessen Gegenteil. Dieser Anblick des in der Ferne zusammengekauerten Dorfes machte, daß ich, ohne Genaueres zu wissen oder ohne gar etwas zu vermuten, nun noch zaghafter und langsamer darauf zufuhr. Nach und nach fand ich mich wieder in der Gegend zurecht, wie in einem verschwommenen Traum, der sich jeden Moment verflüchtigen konnte. Die einsam gen Himmel ragende Ölmühle am Dorfrand, die schon in meiner Kindheit außer Betrieb gewesen war, hatte sich inzwischen entschieden der Geologie verschrieben, ihre Mauern waren von Moos bedeckt, Fenster und Türen entwendet, und anstelle der ebenfalls herausgerissenen Dielen beherbergte sie hochaufgeschossene trockene Gräser, die freilich nicht minder imposant wirkten, wie sie ihre stachligen, fast verholzten Halmspitzen nunmehr den ehrwürdigen schwarzen Balken im Dachstuhl entgegenreckten, auf dem kein einziger Ziegel mehr lag. Dahinter der Kirschgarten des Lehrers, überaltert und nahezu verwildert, mit Bäumen, die zu struppigem, widerborstigem Gehölz geworden waren, das ich mir nicht mehr in seiner lustigen Pracht von Ohrgehängen aus Kirschen vorstellen konnte. Danach kamen die Häuser, die ich nicht mehr wiedererkannte. Vielleicht hätte ich mich wundern müssen, daß ich mich zwar an den – inzwischen derart verwandelten – Obstgarten erinnern konnte, wohingegen die Häuser, die doch schon vorzeiten alt gewesen waren und an denen sich allem Anschein nach nichts verändert hatte, keinerlei Assoziation in mir wachriefen. Ich wunderte mich freilich überhaupt nicht: Während der Obstgarten für mich einfach als solcher existiert hatte, losgelöst von seinen Besitzern (ich hatte es fertiggebracht, lange Minuten und ganze Stunden sogar im Feld zu hokken, um im rechten Moment, sobald in den lichten Korridoren zwischen den geraden Baumreihen niemand mehr zu sehen war, auf den nächstgelegenen Kirschbaum klettern zu können), waren mir die Häuser lediglich durch die darin wohnenden Leute in Erinnerung geblieben. Ich erkannte sie genausowenig wieder, wie ich etwa Kleider, die ich vielleicht einmal an irgendeiner für mich beeindruckenden Person zu Gesicht bekommen hatte, nicht wiedererkannt hätte, wenn ich sie danach auf Bügeln im Kleiderschrank aufgehängt gesehen hätte. Die Häuser standen jetzt nämlich leer. Das war nicht nur daran zu erkennen, daß weder Mensch noch Tier in den Gehöften waren, oder daran, daß ringsumher eine unnatürliche, knisternde Stille herrschte, sondern es war sogar an den unbewohnten Veranden zu sehen, deren Holzverkleidung wie abgestorben wirkte, sowie an der weißen Tünche, die, ohne verdreckt zu sein, in Grautöne umgeschlagen war, und auch am festgestampften Erdboden in den Höfen, der, weil nicht mehr betreten, vor Verlassenheit Risse bekommen hatte. Ich ging nun mitten auf der Dorfstraße und spähte der Reihe nach in die Höfe, und obgleich ich nicht das geringste Lebewesen entdecken konnte, fühlte ich mich trotzdem heimlich beobachtet und verfolgt, so als hätte sich an Menschenstatt die Einsamkeit selber in einen Späherblick verwandelt, der mich neugierig durch die Fenster beobachtete. Da erblickte ich in einem Hof einen Hund, einen alten, apathischen Köter, der, ohne sich von der Stelle zu rühren, den Kopf weit zu mir herumdrehte und mich gleichgültig ansah. Dann überquerte ein Huhn im Eilschritt eines geschäftigen Hausmütterchens, wie ihn nur Hühner dermaßen virtuos beherrschen, direkt vor dem Auto die Straße. Das Dorf war also doch nicht völlig ausgestorben. Vielleicht wurde dieser Eindruck der totalen Leere nicht durch die Abwesenheit menschlicher Wesen verursacht, sondern durch andere, tiefere Gründe – durch ihre Anwesenheit. Ich war angekommen. Beinahe wäre ich sogar zu weit gefahren. Ohne daß sich irgend etwas verändert hatte, erinnerte doch nichts an frühere Zeiten. Seltsamerweise war das erste, was mir ins Auge fiel, der Quittenbaum vor dem Haus mit seinen leuchtenden Früchten, die, noch nicht abgeerntet, in den Zweigen hingen wie Lampions, die man lange nach einem Fest vergessen hatte auszulöschen. Es lag etwas Rührendes und beinah Ungehöriges darin, wie dieser Baum gewissenhaft und unermüdlich über Jahrzehnte hinweg Frucht brachte, ohne sich darüber zu wundern, was ringsumher vorging, ohne sich wenigstens zu fragen, ob jemand sein Obst noch brauchte. Denn es sah wahrhaftig so aus, als brauchte es niemand mehr. Abgesehen von den frischen, leuchtenden Früchten an den Zweigen war unten der ganze Boden mit einer holprigen Schicht verdorbener Quitten bedeckt, die aber nicht von jener schwammigen Fäulnis befallen waren, durch die das Fruchtfleisch zum Animalischen verkommt, sondern die vielmehr eindeutig die Grenze des Lebens überschritten hatten und ins Mineralreich eingetreten waren. Eine Schicht unregelmäßiger, höckriger, verkohlter Kugeln deckte den großelterlichen Hof unerbittlich zu und zeugte höchst unzweifelhaft davon, daß niemand mehr hier war. Ich stieß die klapprige Pforte auf und trat, vorsichtig über den Bodenbelag aus Quitten steigend, ein. Das offenbar leerstehende Haus muß aber doch nach dem Tod meiner Großeltern noch bewohnt gewesen sein, da die alten Holzfensterrahmen, die sich früher ganz weich angefaßt hatten, jetzt in leuchtendem, grobkörnigem Grün gestrichen und die Türen mit glänzenden Sicherheitsschlössern aus Nickel verschlossen waren, während ihre mächtigen altväterlichen Eisenriegel zurückgeschoben standen. Die Räume drinnen hinter den staubigen und in längst verflossenen Sommern von Fliegendreck gesprenkelten Fenstern sahen ganz anders aus, als ich sie in Erinnerung hatte, andere Möbel, andere Decken und Vorleger, augenfälliger und doch weniger markant, jene Mischung aus Serienproduktion und Kunstgewerbe, die eine bestimmte Zusammenstellung von Sachen zu einem Haufen Krimskrams macht. Aber merkwürdig, trotz des modischen Beiwerks wirkte das Haus nicht etwa weniger leer, sondern sogar noch verlassener, als es vielleicht mit seinen ausgeblichenen Teppichen und den blankgewetzten Sitzbänken, des Menschen leibhaftige Spur, ausgesehen hätte. So wie es vor mir stand, einsam und unbewohnt, mit seinen Fachwerkmauern, die in neuerer Zeit durch einen Betonsockel verstärkt worden waren, mit dem in der Ecke des ehemaligen Gußherdes abgestellten Propangasherd, dem die Gasflasche fehlte, wirkte das Haus meiner Großeltern lebloser, als wenn es überhaupt nicht mehr gestanden hätte. Und ich glaube, das Haus sah deshalb so schrecklich verödet aus, weil die, die darin gewohnt, ihm nicht die Treue gehalten hatten, sie waren nicht dort gestorben, so daß seine Verlassenheit anormal war, nicht von den gerechten Naturgesetzen diktiert, sondern von zeitbedingten Überlegungen und kurzlebigen Interessen. Dies war kein leergeräumtes Haus, sondern eines, das man als wertlos und unnütz, als zu unpraktisch und schäbig aufgegeben hatte. Welch unergründlichen Wert hatte dagegen noch jedes Dingelchen im entschwundenen Reich der Großeltern gehabt! Ich erinnere mich noch, wie verzückt ich in den Schubladen gewühlt hatte, in einem beinah magischen Durcheinander von Sachen, die entweder zu allem möglichen oder zu gar nichts zu gebrauchen und darum von noch größerem Reiz waren: Holzspulen, auf denen schon lange kein Garn mehr war, die aber weiterhin ihr stattliches Aussehen und die ihnen erwiesenen Würden bewahrten, Blechbüchsen mit Blütenmuster, die – nachdem in ihnen jahrelang Seidenbonbons, außen wie Atlas glänzend, ihnen mit einer Füllung aus Nüssen und Zuckersplitter, geruht hatten – zu einer Art geheimnisumwobener Schatzkisten geworden waren, die mit allen ihnen zukommenden Ehren behandelt wurden und in denen imposante Messingknöpfe und winzige Aluminiumknöpfchen mit vier symmetrischen Löchern lagen, daneben Häkelnadeln aus Eisen und gepunzte Blechfingerhüte, wie schaudernd mit einer metallenen Gänsehaut überzogen, seit der Währungsreform ungültige und aus dem Verkehr gezogene Geldscheine, auf denen astronomische Ziffern und längst vergessene Gesichter prangten, Kopierstifte, an deren oberem Ende sinnreich ein dünner Gummiring mit Verlängerungskappe steckte, wie mittelalterliche Gerätschaften aussehende große Scheren, deren Griffe zum Schutz mit Lappen umwikkelt waren, runde Drahtbrillen mit angeknotetem Zwirnsfaden, den Großmutter unter ihrem Dutt zu befestigen pflegte.

Ich spürte, daß mich irgendwer beobachtete, und wandte mich erfreut um. Die knotigen Hände um die Staketen gelegt, standen da zwei alte Weiber, die eine rechter Hand am Gartenzaun, die andere zur Straße hin, und starrten mich an. Sie wirkten weder neugierig noch gespannt, ja nicht einmal sonderlich aufmerksam. Ich würde sagen, sie schauten mich irgendwie sachlich an, ohne jede Gefühlsregung. Und obgleich ich sie nicht kannte und auch nichts weiter getan hatte, als mich auf dem Hof meiner Kinderzeit umzusehen, wo ich freilich nichts anderes darstellte als eine fremde erwachsene Frau, fühlte ich mich zu einer Erklärung verpflichtet.

»Ich bin Mamanas Enkelin«, sagte ich, weil ich sie für Großmutters alte Nachbarinnen hielt und weil das ganze Dorf meine Großmutter unter diesem irgendwie nach südlichem Brauch aus Mama Ana zusammengezogenen Namen gekannt hatte. Mamana war bekannt bei jedermann, angefangen von den ganz Kleinen, denen sie essiggetränkte Leibwickel angelegt und *es ausgetrieben* hatte – das heißt, sie vollführte an ihnen merkwürdige und schmerzhafte Massagen, wobei ihre rauhen und verwachsenen Finger, denen jedoch eine eigene, vom Gehirn scheinbar unabhängige Intelligenz innewohnte, über die Haut jagten und die in Gelenknähe sitzenden Blutgerinnsel erbarmungslos zerrieben –, bis hin zu den Erwachsenen, denen sie Schröpfköpfe und einen Sud aus einer komplizierten Mixtur von Kräutern verabfolgte, die sie selber gesammelt und getrocknet hatte und dann kostenlos und mit einer gewissen Strenggläubigkeit austeilte, die man heute ohne große Übertreibung wissenschaftlich nennen könnte. Ich weiß noch, daß ich sehr stolz auf ihr Wissen und die Achtung war, die sie genoß, und daß ich jedesmal, wenn es beim Spielen Streit gab, davon profitierte, indem ich einfach die magische Formel »So hat es Mamana gesagt« benutzte und damit jeden Disput zu meinen Gunsten entschied.

»Ich bin Mamanas Enkelin«, sagte ich also selbstsicher, in der festen Überzeugung, daß dieser Herkunftsnachweis Wohlwollen auslösen und Zutrauen erwecken würde. Aber zu meiner Überraschung sahen mich die beiden Weiblein immer noch an, als hätten sie mich nicht gehört, ja nicht einmal gesehen. Es blieb mir nichts anderes übrig, als sie meinerseits ebenfalls zu ignorieren.

Ich verließ die Veranda, wo ich durch die alten, staubigen, an den Rändern wie von rötlichem Rost angehauchten Fensterscheiben ins Haus geschaut hatte, kehrte den beiden den Rücken zu und ging in den Garten. Als ich am Brunnen mit der großen Winde und den Holzklappen vorbeikam, verhielt ich den Schritt und blieb fast unwillkürlich stehen. An ihm hatte sich nichts verändert, und wenn ich es mir recht überlege, habe ich wohl kaum noch einmal einen ähnlichen Brunnen gesehen. Er war so tief, daß man, wenn man sich darüberbeugte, nur eine flinke, geheimnisvolle Quelle plätschern hörte und höchstens ganz weit unten dunkle Reflexe schlingern sah, von denen selbst an hochsommerlichen Augusttagen eine starke, beinah heftige Kühle aufstieg. Der Brunnen war bis zur Erdoberfläche kreisförmig aus flachen Hartbrandziegeln gemauert, die sich auf Grund der Feuchtigkeit im Laufe der Zeit mit einem seidigen grünen Fell aus Moos überzogen hatten, darüber kam eine etwa meterhohe Holzverkleidung, die, ohne Nägel zusammengehalten, oben an drei Seiten in einer anmutigen Verstrebung aus dünnen Stangen und an der vierten Seite in zwei ebenso elegant gerippten Schwingtüren aus Holz endete. Gekrönt wurde die Konstruktion von einem zweifarbig schillernden Ziegeldach, so daß sie eher einem winzigen Dachpavillon oder einem für irgendwelche Zwecke bestimmten Kiosk ähnelte, zumal die seitlich mit einem mächtigen Stahlhaken verankerte große Winde von den Ausmaßen eines Wagenrades sie noch undefinierbarer aussehen ließ. Nein, dem Brunnen hatte die Zeit anscheinend nichts anhaben können. Seine Kette hatte keinen Rost angesetzt, der Eimer hing unverdrossen da, und die Quelle, noch genauso weit weg und unsichtbar, plätscherte immer noch. Ich beugte mich lauschend vor, um mir das aufregende Ritual in Erinnerung zu rufen, mit dem die Wassermelonen zum Kühlen hinuntergelassen wurden und wie dann mein Großvater, nachdem er eine nach der anderen mit dem Eimer in die Tiefe gesenkt hatte, uns bei den Achseln packte und über den Brunnenrand hielt, damit wir sie auf dem Wasser schwimmen sähen. Wir sahen natürlich überhaupt nichts, aber die drohend aus der Tiefe aufsteigende Kälte und das an den Wänden widerhallende melodische Tröpfeln flößten mir einen Schauder ein, der im Verein mit dem unleugbaren Gefühl der Geborgenheit, das mir Großvaters große warme Hände unter meinen Achseln gaben, und mit der Vorfreude auf das feierliche Zersäbeln der Melonen eines meiner stärksten Kindheitserlebnisse war und sichtlich geblieben ist. Nein, der Brunnen hatte nicht gelitten, er hatte sich seine Gabe, die Wunder der Kindheit heraufzubeschwören, uneingeschränkt bewahrt. Ohne zu überlegen, drehte ich mich um, um auch die beiden stummen Zeuginnen jener Szene, in der ich selbst Zuschauer war, an dieser angenehm überraschenden, weil ungetrübten Entdeckung teilhaben zu lassen, mein Publikum indes hatte sich weiterhin in aller Stille unverhofft vermehrt. Auf der Straße hatten sich nun drei weitere Greisinnen eingefunden, die mich, die Hand vor dem Mund, gleichermaßen bestürzt wie distanziert musterten, während aus einem der benachbarten Anwesen ein weißhaariges Männlein mit Rauschebart und strubbeliger Mähne, die wie von einem für seine stanniolzarte und gebrechliche Gestalt übermächtigen Sturm aufgeplustert waren, langsam auf den nachlässig geflochtenen und eher theoretisch anmutenden Weidezaun zukam. Ich deutete wortlos einen Gruß an, so als hätte sich ihr Schweigen auch auf mich übertragen oder als hätte ich die hermetische Stille zwischen uns wie einen Code akzeptiert. Ich erwartete auch nicht, daß sie mir antworteten.

Der Obstgarten war mindestens zur Hälfte gerodet worden, und statt dessen hatte man Weinstöcke angepflanzt. Es mußte sich jedoch schon seit Jahren keiner mehr um Weingarten und Obstplantage gekümmert haben. Die Pflaumenbäume waren überaltert und hatten zu stark ausgetrieben, und da ihre Zweige frühjahrs nicht beschnitten worden waren, hatten sie sich ineinander verschlungen und hielten sich, zusammengedrängt und verklammert, gegenseitig umwunden. Einige waren abgestorben und hingen, vom Sturmwind halb abgeknickt, an den noch lebenden Astspitzen fest, andere dagegen wanden sich und drängelten, spießten wild und rücksichtslos nach allen Seiten, um der unerbittlichen Konkurrenz der Laubkrone zu entrinnen und an Licht und Wind zu gelangen. Aber merkwürdigerweise trugen nicht etwa jene am reichlichsten, die sich solchermaßen durchgeboxt hatten, sondern es waren die verkrüppelten, unter Laub versteckten und von Stacheln zerkratzten Exemplare, die, selber erstaunt, was ihnen geschah, und nicht ahnend, was da noch kommen würde und wann, von alten, verschrumpelten und angefaulten Pflaumen strotzten. Auch die Pflaumen waren nämlich nicht abgeerntet worden, und während sich einige von ihnen noch, eingetrocknet und als eine Art armseligen Schmucks im Winde klimpernd, an den Zweigen hatten halten können, war der Erdboden zu Tonnen mit längst vermoderten Früchte übersät, von denen sich selbst Bienen und Würmer schon übersättigt zurückgezogen hatten, und dazwischen breitete sich das gleichfalls verfaulte Laub schützend über Kerne, die, ihres Fleisches entblößt, wie die kariösen Zähne eines längst zerstückelten und bis zur Unkenntlichkeit entstellten Totenschädels darunter hervorgrinsten. Die Erde nahm alles zurück, was sie hervorgebracht hatte: Ihre in Stengeln und Stämmen aufsteigenden Säfte flossen durch irgendwelche Ritzen zurück, ohne irgendwen ernährt und ohne dem geringsten Zweck gedient zu haben, es sei denn, man sah einen Zweck darin, daß die Würmer sich daran mästeten und so weit gediehen, bis sie selber zu verwesen begannen und ihre Körpersäfte in die Erde sickern ließen. Wie auch immer, der Garten war, obwohl ungenutzt und verlassen, unaufhaltsam gealtert, und so starrte ich bloß wie gebannt auf Baumstämme, die ich noch als geschmeidig und biegsam in Erinnerung hatte. (An irgendeinem Nachmittag hatte ich einmal eine Tracht Prügel dafür bezogen, weil ich mir zur Begeisterung aller Nachbarskinder, die sich während meines Hierseins nur noch in Hof und Garten meiner Großeltern herumtrieben, folgendes Spiel ausgedacht hatte: daß wir uns jeder einen Pflaumenbaum aussuchten und uns, die eine Hand am Stamm, so lange im Kreis um ihn herumschwingen sollten, bis wir schwindlig würden und betäubt zu Boden sänken, und Sieger war, wessen Baum hinterher am längsten schwankte.) Jetzt aber waren die Stämme von einer mürben, rissigen, teilweise bemoosten und abblätternden Rinde überzogen, einer Rinde, unter der sich häufig nur noch eine rötliche krümelige Füllung verbarg, wo sich Ameisen und Vögel schon eifrig zu schaffen gemacht hatten. Mit der Zeit zu Staub zerfallen, war dieser armselige Inhalt an einigen Stellen sogar gänzlich verschwunden, und nur gestützt von der heroisch aufgezwirbelten Rinde, die mit hartnäckiger Züchtigkeit die Lücken zu kaschieren versuchte, hielten sich die Zweige in der Schwebe, um zu überleben. Ohne mich umzuschauen, ging ich weiter, obgleich – oder gerade weil – ich merkte, daß ich mehr und mehr Zuschauer hatte und daß immer noch welche dazukamen. Ich kam nun durch einen mir unbekannten Weingarten, der nicht weniger verlassen und verlottert war. Dicht bei dicht hingen großbeerige Trauben, die, schon fast verwest, geduldig darauf warteten, vom Wind abgeschüttelt zu werden, und die bei der kleinsten Berührung auseinanderstoben, so daß ein halb vertrocknetes armseliges Skelett von ihnen übrigblieb, das nutzlos in der Luft schaukelte. Die schwankenden Reben, die schon lange nicht mehr der Disziplin der Rebstöcke gehorchten, waren ein Zeichen, daß der Exodus nicht erst kürzlich stattgefunden haben konnte, und ließen vielmehr darauf schließen, daß Jahre seitdem vergangen sein mußten. Übrigens waren einige Weinstöcke unter der Last der Früchte zusammengebrochen, wobei sie ihre Nachbarn im Spalier mitgerissen hatten, so daß die Drähte nun schlapp durchhingen und die aus der Halterung gerutschten Ranken sich anmutig im Dreck ausbreiteten. Ich kostete ein paar Beeren. Sie waren glasig und süß, voll vergebens gespeicherter zuckriger Süße. Nein, nicht vergebens. Was der Mensch so unbegreiflicherweise aufgegeben hatte, übernahmen nun die Vögel mit artiger Würde. Ein paar Stare oder vielleicht so ähnlich aussehende Vögel pickten da gemächlich und ohne jede Furcht, verjagt zu werden, wobei sie von Zeit zu Zeit innehielten, um mich zu beäugen. Ein Specht gar, der sich um nichts weiter kümmerte, kontrollierte, so als wäre er zu lange fort gewesen und hätte nun mehr als genug zu tun, flink und gewissenhaft den Garten, indem er wie ein komischer Pedant erst von Baum zu Baum, dann bei den Weinstökken von Pflock zu Pflock flog, wobei er durcheinandergeriet und automatisch auch an den Betonpfeilern des Spaliers hämmerte. Er flog an mir vorbei, ohne mir auch nur einen einzigen Blick zu gönnen, ohne gar daran zu denken, ich könnte mich ihm in den Weg stellen. Er war genau wie die Stare hier mehr zu Hause als ich. Übrigens flößten mir der Alkoholgeruch der ausgelaugten Pflaumen und der hefige Duft der Trauben langsam Ekel ein, einen physischen Ekel, der nun noch hinzukam zu dem fast unerträglichen Eindruck von Niedergang und Verfall, von Verwilderung und Ödnis, die derart unerklärlich waren, daß man sich zu verstiegenen Überlegungen und erschreckenden Vermutungen veranlaßt sah.

Die Blicke der Greise aber, die ich im Nacken spürte, brachten mich erst recht durcheinander und bestärkten mich in der Ahnung, daß sich eine Konfrontation nicht mehr länger hinausschieben ließ. Ich drehte mich um. Doch nein, das hatte ich nicht erwartet. Die Alten, inzwischen einige Dutzend, waren mir gefolgt und standen nur wenige Schritte hinter mir, so daß wir uns, als ich mich umdrehte, ohne jede Deckung Auge in Auge gegenüberstanden. Obwohl es zum überwiegenden Teil Frauen waren, fanden sich bei genauerem Hinsehen auch mehrere Männer darunter, aber als hätte sich alles absichtlich ins Gegenteil verkehrt, wirkten die Männer im großen und ganzen gebrechlicher und hinfälliger als die Frauen. Sie starrten mich allesamt an. Gierig die Augen auf mich gerichtet und ohne sich von meinem fragenden und schließlich verschämt abschweifenden Blick beirren zu lassen, stand direkt vor mir ein Muttchen, zart und schmal, nicht größer als ein zehnjähriges Kind, die bleiche Gesichtshaut so trocken wie zerknittertes Papier. Entschlossen hob ich die Augen, um nicht länger Objekt ihrer merkwürdigen Kontemplation zu bleiben und um sie zum Reden zu bringen. Und als ich dann noch den munter und kindlich blitzenden Blick der winzigen Greisin vor mir auffing, wollte ich ihr eine Frage stellen, aber da alles so feierlich und verworren war und ihr funkelnder Blick ein Interesse verriet, das ich nicht zu entschlüsseln vermochte, hob ich nur die Hand und brachte statt des langen Satzes, den ich sagen wollte, bloß heraus: »Warum?«

Doch als hätte sie mich nicht gehört oder als sei meine Frage nicht von Belang, trat die Greisin, die mich nach wie vor mit diesem mir unverständlichen, anteilnehmenden und zugleich abweisenden Blick musterte, noch dichter an mich heran, tippte mich mit ausgestrecktem Finger sachte, ganz sacht an, als wollte sie sich von meiner Existenz überzeugen oder feststellen, aus welchem Stoff ich gemacht sei, und sagte leise, sehr leise, wie nur für mich bestimmt: »Du bist jung.«

Ich glaubte sie nicht richtig verstanden zu haben, denn ich sah nicht ein, was mein Alter mit jenem sonderbar gespannten Blick zu tun haben sollte, und sagte ziemlich aufs Geratewohl: »Ja.«

Sie aber starrte mich immer erregter an und streckte ihre Hand, eine etwas rauhe, knochentrockene Hand, noch weiter aus, legte sie mir für eine Sekunde aufs Gesicht, zog sie aber sofort wieder zurück und sagte diesmal etwas lauter, als wollte sie ihrer Bemerkung offiziellen Charakter verleihen, damit sie von allen akzeptiert würde: »Du bist wirklich jung.«

Worauf sie sofort – diesmal deutlich an die anderen gewandt – mit großartig erhobener und deshalb etwas schriller Stimme merkwürdig verwundert und resolut hinzufügte: »Sie ist jung.«

Und die anderen, als hätten sie nur auf diese Feststellung gewartet, stürzten plötzlich, begehrlich die Finger nach mir ausgestreckt wie verdorrte Zweige, auf mich zu und redeten hastig durcheinander: »Sie ist tatsächlich jung.«

»Ich hätte nicht gedacht, daß ich das noch erlebe.«

Und wie eigenwillige Tierchen krabbelten ihre vor Staunen und Erregung zitternden Finger, ihre faserigen, von Arbeit und Rheuma verkrümmten Hände mit den hervortretenden Adern, die ziemlich liederlich wie knotige Stricke die groben Knochen und das schlaffe Fleisch zusammenhielten, an meinem Körper hoch. Ich wußte nicht, was ich machen sollte und wie ich mich ihrer eigentümlichen Sanftmut, ihrer leidenschaftlichen Neugier hätte entziehen können. Und mir schien, daß Worte immerhin noch einen dünnen Schutzpanzer zwischen mir und der Gruppe zu bilden vermochten, die mich jetzt von allen Seiten umstand und mit beinah feindseliger Gier befingerte.

»Was ist nur auf den Feldern los?« Mühsam versuchte ich, einen wenn auch kargen Dialog in Gang zu bringen, aber da jeder, der mich schon angefaßt hatte, dem nächsten Platz machen wollte, wurde ich durch diese von hinten kommende Druckbewegung heftig weggestoßen, so daß ich beinah umgefallen wäre. Meine Bemühungen, mich im Gleichgewicht zu halten, wurden jedoch als Fluchtversuch gewertet, denn sogleich packten die Hände um mich herum fester zu, Finger krallten sich in meine Kleider, und eine fast hysterische, der hohen Tonlage wegen geschlechtslose Stimme krähte, sich vor Überstürzung verhaspelnd: »Wir lassen sie nicht fort«, sofort unterstützt von vielen anderen: »Daß sie uns nur nicht auch noch wegläuft.«

»Sie wird ausreißen wollen.«

»Laßt sie uns hierbehalten, damit wir auch mal was Junges haben.«

»Binden wir sie doch irgendwo fest.«

Es war wie ein Alptraum, und ich mußte mich beinah fragen, ob es nicht wirklich einer war. Mich brachte weniger auf, *was* da passierte, sondern vielmehr der Umstand, daß sich alles so abspielte, als sei ich gar nicht vorhanden oder als sei ich kein lebendiges Wesen, sondern irgendeine dringend benötigte Mangelware. Ich wurde weder gefragt, noch bekam ich eine Auskunft, so als wären meine Fragen längst nicht mehr aktuell und die richtigen Antworten zu kompliziert für mich. Mir blieb offensichtlich nichts übrig, als mich abzusetzen, mich aus der Umklammerung loszureißen, die Flucht zu ergreifen und mich schnellstens von dieser Stätte der Verwesung zu entfernen, die mir nicht fremd genug war, als daß nicht auch ich der tödlichen Ansteckung erliegen konnte. Doch um loszukommen, mußte ich wohl entschlossen zuschlagen, ich konnte mich nicht anders retten, als meinerseits zum Angriff überzugehen und kräftig auf die greisen Leiber einzuprügeln, die mich wie eine schwankende, aber tückische, eine schwache, aber eigenwillige Mauer umstanden. Also nahm ich den

Kampf auf, zunächst schonend, indem ich diesem und jenem Weiblein, das ich beiseite stoßen mußte, um mir Durchlaß zu verschaffen, behutsam, fast zart, meine Hand auf die Brust legte und indem ich vorsichtig meinen Mantel loszerrte, damit ich nicht die krampfhaft darin verkrallten Finger irgendeines Greises aufbiegen mußte, und indem ich mir gerade so viel Platz schuf, daß ich mich zwischen ihren Leibern durchwinden konnte. Aber je sorgfältiger und behutsamer ich vorging, um so ingrimmiger verstärkten sie in ohnmächtiger Wut ihre kümmerlichen Anstrengungen. Unter den pfeifenden Atemstößen, dem Ächzen und Schnaufen war nur dann und wann eine dumpfe, resolute Stimme zu hören, die ein kurzes Kommando oder ein anfeuerndes Wort flüsterte: »So.«

»Daß sie uns bloß nicht entwischt.«

»Achtung.«

»Hier entlang.«

»Vorsichtig, vorsichtig.«

Ich wußte nicht genau, ob sie mehr geworden waren oder ob mich allmählich Müdigkeit übermannte, jedenfalls zog sich der Kampf unentschieden in die Länge, denn obgleich es den Anschein hatte, als sei ich dauernd Sieger, blieb wieder und wieder noch irgendeiner niederzuringen. Ich hatte das Gefühl, als wollte ich einem Meer von Körnern entrinnen, die, kaum beiseite geschoben, immer wieder zurückrutschten. Wer weggedrängt worden war, war nur für wenige Momente außer Gefecht gesetzt, dann tauchte er von neuem auf und mußte abermals weggestoßen werden. Und gerade als mir Zweifel kamen, ob das je ein Ende finden würde, und als ich, einzig darauf bedacht, aus dem Innenkreis der Gruppe herauszukommen, die sich jedoch mit mir zusammen in Bewegung gesetzt hatte, einen Schritt beiseite treten wollte, blieb mein Schuh zwischen denen der hinter mir Stehenden hängen, und verwickelt in Leiber und Beine, stürzte ich im Gedränge nieder, ohne jedoch mit der Erde in Berührung zu kommen, da ich im letzten Moment, als habe man damit gerechnet, es vielleicht sogar darauf abgesehen, von mehreren Händen gepackt, in gewaltsam verdrehter Haltung weitergezerrt und schließlich zu Boden gelassen wurde, der aber nicht aus Erde war. Obgleich ich nicht behaupten kann, man hätte mich hingeworfen, stieß ich mir beim Fallen ziemlich heftig den Kopf, und im selben Augenblick hörte ich eine Tür klappen und entdeckte, daß es um mich herum licht und leer geworden war. Auf den Ellbogen gestützt, richtete ich mich auf und brach unwillkürlich in ein nervöses und befreiendes Lachen aus, das sich nicht mehr bremsen ließ. Ohne es im mindesten zu ahnen, war ich während des Kampfes in die Nähe des Maisschuppens geraten (oder gestoßen worden?), wo man die Tür hinter mir zugeworfen hatte und wo ich nun auf den von der Sommersonne noch warmen Dielenbrettern lag. Die Maisdarre! Warum bloß erinnerte mich das immer wieder an ein bestimmtes Bild? Da wurde mir klar, daß sie haargenau wie ein Käfig aussah, ein Käfig, in dem ich wie ein von Lachkrämpfen geschüttelter Vogel saß, indes sich meine unerklärliche Heiterkeit auf die siegesbewußten Gesichter der Greise jenseits des Holzgitters übertrug. Als ich mir die greisen Häupter ansah, die wie komische Masken zwischen Latten hingen, kam ich nicht mehr aus dem Lachen heraus, und ich mußte an die Sommernachmittage denken, an denen wir, alle Kinder der Straße, uns in dem leeren, wunderschön von den Schattenkreuzen der Holzlatten schraffierten Gehäuse einzuschließen pflegten, wo es nach Staub und aufgeheizten Brettern roch. Anfangs spielten wir Feierstunde und gaben sämtliche Gedichte und Lieder zum besten, die wir kannten, doch während die Mädchen ernsthaft in Wettstreit traten und möglichst viel vorzutragen suchten, wurde es den Jungen langweilig, sie verlegten sich auf Dummheiten und schnitten Fratzen und wurden schließlich von den Mädchen, die immer in der Überzahl waren, hinausgeworfen, sobald sie diese an den Zöpfen zu ziehen und zu verprügeln versuchten. Und jedesmal, wenn wir dann unter uns blieben, spielten wir die großen Damen, spazierten also Arm in Arm zu zweit von einem Ende des Speichers zum anderen, grüßten einander ehrerbietig, wenn wir uns begegneten, und wechselten ein paar Worte: »Guten Tag, meine Dame.«

»Guten Tag, meine Dame.«

»Wie geht es Ihren Kindern, meine Dame?«

»Gut. Und den Ihren, meine Dame?«

»Gleichfalls, meine Dame.«

»Und Ihr Mann ist wohlauf, meine Dame?

Natürlich war ich die Autorin des Szenariums, aber es war sehr offen angelegt, und wir wetteiferten sogar darum, es auszubauen, und nahmen unendlich viele Zusätze auf. Im Grunde kam es nicht so sehr darauf an, was alles gesagt wurde, wichig war nur der Begriff »meine Dame«, der immer wieder mit Wonne ausgesprochen wurde, wie eine magische Formel mit Zeitraffereffekt. Ich mußte an diese mitunter stundenlangen Spaziergänge denken, schaute mir die verwunderten, zu einem Lachen bereiten Greisengesichter an und konnte nichts gegen die Lachsalven machen, die wie ein Strom aus mir heraussprudelten, einer unaufhaltsam in scharfem Strahl hervorzischenden Masse ähnlich, die mich wie unter Kälteschauern erbeben machte. Das Ganze war überhaupt komisch, unendlich komisch und lächerlich: die Spiele der Kindheit – eine Kindheit, die möglichst schnell vergehen sollte –, ich, in reifen Jahren wehmütig auf der Suche nach Orten und Zeiten, wo niemand mehr zu finden war, die Felder, auf denen der Mais von Maschinen gesät und von Nagern geerntet wurde, der verwilderte Garten mit den verfaulten Pflaumen, die vom Spalier gerissenen und von Vögeln durchforsteten Weinreben, diese dümmlich kichernden Greise mit ihrem faulenden Zahnfleisch, verzweifelt vor Todeserwartung und andererseits beglückt, mich im Besitz zu habe, und auch das Dorf, das ganze von jungen Leuten entvölkerte Dorf, die nichts mehr auf dem Lande hielt und die somit dem unerbittlichen Mechanismus dieses Universums entrissen waren. Das alles war zum Lachen, und ich lachte unter Tränen weiter, indes sich die Alten unsicher zurückzogen, weil ihnen vielleicht Zweifel gekommen waren, ob sie einen guten Fang gemacht hatten. Das war alles zum Lachen, und ich lachte nach Leibeskräften und hielt erst inne, als ich nur noch ein finsteres Knurren herausbrachte, vor dem ich selber erschrak. Aber auch dann und sogar lange nachdem kein Ton mehr aus meinem Halse kam, hob sich mein Brustkorb noch im Takt der Lachsalven, von denen ein Zucken zurückgeblieben war, das schon längst nichts mehr mit Heiterkeit zu tun hatte. Als ich schließlich dem Gelächter wie einer langwierigen Krankheit entronnen war und mich ein wenig gesammelt hatte, stand ich etwas schwankend auf, dann riß ich ein Brett heraus, das ohnehin angebrochen war und schon seit meiner Kindheit nur lose an seinem Platz gesteckt hatte, und ging, nochmals die Obstplantage und den Weingarten durchquerend, durch die hintere Zaunpforte hinaus. Ich glaube, ich war entschlossen, endgültig auf und davon zu gehen.

Noch ehe ich zur Kirche abbog, sah ich sie schon genau vor meinem geistigen Auge: weiß, nicht sonderlich hoch, der kreuzförmige Grundriß verlängert durch einen Vorbau aus getünchten Ziegelpfeilern und darüber eine ursprünglich mit glänzendem Blech eingeschlagene

Kuppel, die später grün gestrichen worden war. Ich hatte sie deshalb so gut in Erinnerung, weil ich sie Tausende Male angeschaut hatte, wenn Mamana im Gottesdienst war und ich unterdes zum ungezähltenmal die verblichenen Porzellanbilder und die unverständlichen Inschriften auf den Grabkreuzen des alten Friedhofs studierte und immer ungeduldiger zur Kirche hinüberblickte, um endlich die Schlange der alten Weiblein auftauchen zu sehen, die nach Ende der Andacht wieder versöhnt heraushuschten. Ich rechnete damit, sie unverändert vorzufinden, sie hatte als einzige ein natürliches Recht darauf, sich nicht zu wandeln. Und die Kirche hatte sich wahrhaftig nicht verändert. Aber sie war zugedeckt. An ihrer Stelle erhob sich ein eigenartiges erdfarbenes Gebilde aus lauter Blasen, ein Hügel aus vielen dicht aneinandergemauerten runden, zerschründeten Fächern. Nein, so können Sie nichts verstehen. Ich versuche es mal anders. Denken Sie mal an ein Schwalbennest. Rufen Sie sich das letzte Schwalbennest, das Sie gesehen haben, ins Gedächtnis und versuchen Sie es sich in Gedanken möglichst genau vorzustellen: die rauhe Oberfläche aus kleinen, eigenwillig zusammengepappten Lehmklümpchen und das von der Kehlung des Vordachs beinah verdeckte Schlupfloch. Wenn Sie sich dies gut eingeprägt haben, versuchen Sie nun, sich zwanzig oder dreißig solcher Schwalbennester vorzustellen, einen ganzen Vorbau, über den sich von einem Ende bis zum anderen eine einzige Straße von Vogelwohnungen hinzieht, und wenn Ihnen das gelungen ist, dann versuchen Sie sich zehn, zwanzig oder fünfzig solcher Reihen vorzustellen, ganze Mauern und Hauswände, die von der Dachrinne bis zur Erde damit bedeckt sind; und wenn Ihnen auch das geglückt ist, dann nehmen Sie das Ganze mal zehn, mal zwanzig oder hundert und wagen Sie es, sich eine ganze Kirche vorzustellen, eine große Kirche mit Turm und Kuppel und Glockenstuhl, über und über bedeckt mit Schwalbennestern. So war es nämlich. Selbst das zugenagelte Portal aus massivem Holz mit den schräg vorgelegten, vom Hufschmied gefertigten rustikalen Eisenstangen war ganz und gar verdeckt; diese Tür, die noch von der alten Kirche stammte und die man wie ein rührendes Symbol der Standhaftigkeit wieder in der neuen Kirche eingebaut hatte, war völlig unter den bizarren Lehmbauten verschwunden, so daß man sie gerade noch da vermuten konnte, wo die Nester weiter zurückgesetzt waren. Ansonsten hatten sich die ursprünglichen Formen nicht verloren, man konnte noch den Glockenturm, die Kuppel und die einstmals getünchten Pfeiler des Vorbaus erkennen, jedoch war alles in dieses erschreckende Lehmgehäuse gekleidet, alles war verdeckt durch diesen Zweitbau, der vom ersten gestützt wurde und ihn unter den strengen Normen von Speichel und Lehm begrub.

Wie lange hatte es wohl gebraucht, damit sich Sinn und Zweck einer Welt so gänzlich wandeln konnten? Ein Jahrhundert? Ein Jahrtausend? Das zu ermessen oder zu erklären, reichte mein eigenes Leben, zum Zerreißen gedehnt wie ein Gummiband, das gleich heftig zurückschnippen konnte, jedenfalls nicht aus. Ich stand da und blickte endlose, bis zur Schmerzgrenze zerdehnte Minuten lang auf jenes erschütternde Monument aus den Überbleibseln der Himmelsstürmer. Jetzt, zur Winterszeit, wirkte das Gebäude erst recht über alle Maßen verödet, und ich spürte, daß die Stille, die sich über mir zusammengezogen hatte, jene perfide Stille, die wie ein verbrauchter Filter das Knistern der lebendigen und allgegenwärtigen Flur zu mir durchsickern ließ, gebrochen werden mußte – egal wie und wodurch. Ich hatte schon viel zu lange zugeschaut. Zu lange hatte ich mir eingebildet, etwas zu sehen hieße auch retten, ich mußte mich beeilen, mußte irgend etwas unternehmen, wenn ich noch jemals dem Bannkreis dieses vernichtenden Anblicks entrinnen wollte. Ich stürzte zum Glockenturm und schlug mit Händen und Füßen ohne Unterlaß auf die Nester ein, die das Türchen zum Turm bedeckten, und ich wunderte mich nicht einmal, als ich eine klebrige Masse zerbrochener Eier und die feuchten nackten Körper der frisch geschlüpften Brut zwischen den Fingern verspürte. Ich hämmerte und wütete weiter drauflos, umkreist von bedauernswerten Vögeln, die, einer so nervös wie der andere, alle zur gleichen Zeit unter gräßlich lautem, empörtem und doch demütigem Gekreisch aufgeschreckt waren. Und während ich noch weiterhämmerte, wobei sogar die wahrscheinlich schon morsche Tür unter einem beinah animalischen Knarren zu Bruch ging und eine weitere Welle älterer Vögel erschreckt aus den Turmwendeln herausflatterte, merkte ich plötzlich – und da packte mich eine grenzenlose Müdigkeit –, daß es gar keine Schwalben waren. Die Schwalben, die Eroberer der Kirche, waren schon lange fort, und Spatzen hatten ihren Platz eingenommen. Aus den makellosen Nestern quollen nunmehr Stoffetzen und Strohhalme, vertrocknete Blätter, Zweige und allerlei Dreck. Der Ironie des Schicksals folgend, nahmen die Dinge unerbittlich ihren Lauf, ohne sich darum zu kümmern, wie sehr mir daran gelegen war, ihnen auf den Grund zu kommen. Ich lief eilends die Holzstufen im Turm hinauf, die wie schadenfroh unter meinem gehetzten Tritt knackten und splitterten. Als gar die letzte ganz oben zu Bruch ging, konnte ich mich gerade noch an die langen schwarzen, vom Läuten glattpolierten Glockenstränge hängen, worauf die Glocken anfangs nur geringfügig hin und her pendelten, ohne aneinanderzuschlagen, so als wollten sie mir noch eine Sekunde Zeit zum Überlegen geben.

Ohne wirklich zum Nachdenken zu kommen, hatte ich dann nach dieser einen Sekunde das Gefühl, mein Leben überdacht und nach eingehender Prüfung einen Entschluß gefaßt zu haben. Ich war schon seit je überzeugt, daß jeder Augenblick, den ich erlebe, den ich vertue und der unnütz verstreicht, irgendwo gespeichert wird und mir irgendwann zugute kommen würde, sobald ich diese selbstlosen Ersparnisse brauchte. Und selbst wenn ich es dauernd hinausschob, die Unmengen von Sekunden, Tagen und Jahren, die sich dort ohne mein Zutun angesammelt hatten, von der Zeitbank abzuheben und zu nutzen, war mir doch nicht unwichtig, daß es jene Bank gab. Schließlich ist der reichste Mann der Welt nicht der, der am meisten ißt oder sich am besten kleidet, sondern der, dem dies jederzeit freisteht. Als sich die Glocken gleich im Anschluß an diese Ruhepause abrupt und gefährlich auf die Seite legten, mich dabei heftig mitrissen und ein dröhnendes, anklagendes und rasendes Lamento ertönen ließen, wußte ich, daß nun der Moment gekommen war, alle aufgesparten Stunden, Tage und Jahre von der Zeitbank abzuheben und sie einfach so, aus reiner Verschwendungssucht auszugeben, sie beispielsweise wie Geldscheine vom Turm herabflattern zu lassen, damit sich die unten Wartenden daran bereichern konnten.

Der erste Glockenton zerriß lediglich die Luft, um dann unaufhörlich das volle Getöse des empörten Metalls, das ganze Gebrüll der verletzend getroffenen Bronze hinterherzuschicken und um die trübe Luft des zagen Winters mit einem aufrüttelnden Protest zu füllen. Und wie auf ein unerbittliches Signal – ähnlich wie auf klösterlichen Fresken die Toten ihre Gräber verlassen und ihr verstreutes Gebein aus den Mäulern überfressener Bestien zusammenlesen, sobald die Posaunen des Jüngsten Gerichts ertönen – brachen da aus Tausenden Vogelnestern, aus jenen beinah verborgenen Öffnungen der dicht bei dicht sitzenden Lehmkugeln Tausende, Zehntausende und Hunderttausende gefiederter Geschöpfe hervor, flatterten umher, erhoben sich in die Lüfte und zogen erschrocken ihre Kreise, durcheinandergewirbelt vom wuchtigen Knüppel des Glockengeläuts und nahe daran, von den Strudeln des Gedröhns verschlungen zu werden. Sie zappelten in der Luft, konnten für einen verzweifelten Flügelschlag lang zwar entrinnen, wurden jedoch im nächsten Augenblick schon erneut von dem Wirbel ihrer dichtgedrängt einherschwebenden Körper erfaßt; das Gefieder ineinander verkeilt, wurden sie von den Tönen auseinandergetrieben und von der Stille dazwischen zurückgeholt, wurden in der Luft gekreuzigt, gemartert, in die Wolken geworfen, weit herumgeschleudert und zu Boden geschmettert, und das alles unter einem Heidenspektakel, das zur Sühne wie zum Aufruhr rief, in einem Brausen und erbarmungslosen Rache- und Wehgeschrei. Mit den Vögeln vermengt und wie durch die vielen Flügel, Federn und Krallen verstärkt, schwollen die Lärmwogen an und ergossen sich übers Land, das sich, der eigenen Grenzen nicht achtend, ins Weite dehnte. Und unter diesem unendlich harten metallischen Schrei hielten selbst die Nager im Kauen inne, erhoben sich lauschend auf die Hinterbeine und hockten sich auf ihre eingeringelten klebrigen Schwänze, wie sich auch die unfruchtbaren und frühreifen Pflanzenstengel lauschend in die Höhe reckten, um hören zu können, was ihnen da gesagt wurde, falls ihnen überhaupt etwas gesagt wurde und falls die verwirrenden Flüche der Glocken, die auf der Suche nach den Schuldigen umherpolterten, etwa ihnen galten. Vom Brausen mitgerissen und mit den Spatzen ins Gemenge geratend, breiteten die Raben, denen sich Mäuse an die Krallen geheftet hatten, ihre Schwingen aus, so weit es ging, als entdeckten sie selber verwundert und stolz deren Spannbreite, und ließen sich wie dunkle Albatrosse über dem stürmischen Meer des Glockengeläuts gleiten.

Schwarz wie die Raben, die Arme furchtsam ausgebreitet wie Flügel, sammelten sich auch die alten Weiber des Dorfes unter dem flatternden Banner der Klänge, und wie sie so herbeieilten, beinah im Laufschritt und vor Angst in der Luft rudernd, hatte es den Anschein, als wollten auch sie sich vom Erdboden abheben und sich der großen Vogelrunde anschließen, die immer beharrlicher, immer verwirrender rund um die Kirche kreiste. An die Seile geklammert, wurde ich durch die jähe Schwingung der großen Glocken mit aller Wucht von einer Seite zur anderen geschleudert, und durch dieses fürchterliche Schlingern fanden meine Augen, die Welt von oben betrachtend, keinen festen Anhaltspunkt, und das machte, daß ich durch mein eigenes Schaukeln die ganze Erde schwanken und aus dem Gleichgewicht geraten sah. Und da sich alles ringsumher bewegte und auch ich selber dauernd in Bewegung war, brauchte ich eine ganze Weile, bis ich begriff, daß der ohrenbetäubend rund um den Kirchenbau aus Vogelnestern kreisende Ring flatternder Schwingen, der nebulöse geflügelte Wirbelsturm, es so weit gebracht hatte, das Bauwerk selber in diese sonderbare Drehbewegung hineinzuziehen, da es sich durch ein zartes Rucken und sachtes Kreiseln allmählich vom Boden löste. Als ich das merkte, waren die Alten nur noch ein flatternder schwarzer Fleck über dem Dorf und dieses auch selber nur noch ein starrer grauer Fleck inmitten der Felder, die es langsam verschlangen. Dank ihrer Flugkraft und durch ihr unentwegtes ängstliches Flattern trugen die Vögel, ein jeder mit seinem vormaligen Unterschlupf wie durch ein unsichtbares Band verbunden, das stark genug erschien für diese Last, die Kirche durch die Luft. In dem Moment, als ich, an den Seilen hängend und im Takt der dröhnenden Schläge pendelnd, diesen Zusammenhang erfaßte, begriff ich, daß dies von Glockengeläut ausgelöste Geflatter, diese merkwürdige Kirche mit ihrem Turm, ihrer Kuppel und ihren Nestern, ja sogar ich selber mit meinen Entdeckungen, Erinnerungen und meiner Schuld nur so lange existieren würden, solange ich noch die Kraft hätte, mich am freihängenden Ende des Glockenstranges abzuzappeln und wie besessen zum Zeichen von Angst und Alarm die Kuhschellen am Halse des Herrn zu ziehen, um unter dem tiefhängenden unentschiedenen Winterhimmel jenen markerschütternden Ruf ertönen zu lassen, der uns im Flug zu halten vermag. Deshalb machte ich weiter, ich zappelte und plagte mich ab, bei jedem Rucken darauf gefaßt, das schmerzhafte eherne Gedröhn in meinem Gehirn bersten zu hören. In den Intervallen zwischen den Glockenschlägen aber hörte ich – wie das Echo eines Echos, wie einen dumpfen, doch desto unheilvolleren Widerhall, gleich einem Gewisper von Filz, Antwort auf die Anfrage des Metalls – die Schwingen rauschen, die sich vor Eile ineinander verfingen, so daß die Federn pfeifend vibrierten. Als das Geflatter langsam nachließ und die Glockenschläge immer seltener und kläglicher tönten, so daß ihr Grollen in ein mattes, melodiöses Lamento überging, schwang ich mich verzweifelt hin und her, stieß mich an den fliegenden Wänden des Glockenturms ab, zappelte vor und zurück, um die Glocken, die über mir wie staunend aufgerissene, ohne Sinn und Verstand brüllende Mäuler gähnten, aus ihren bronzenen Angeln zu reißen. Die Erde mit ihren Tattergreisen und ihren strubbligen Gärten, mit ihren ewigen Brunnen und ihren rachedurstigen Feldern war schwach noch als ein Kreiseln aus Gelb und Schwarz und Nebel zu sehen, und nur ich allein wußte, daß nun alles von der Angst abhing, die mein von Donnern begleitetes Strampeln auf die immer schwächer rauschenden Vogelschwingen zu übertragen vermochte. Es blieb nur die Frage, wie lange ich noch die Kraft haben würde, mich aufzulehnen, wie lange ich noch mühsam zappelnd den Glocken Stimme verleihen konnte, damit die Vögel in der Luft blieben.

Ich wurde, wie man mir berichtete, einige hundert Kilometer vom Dorf meiner Großeltern entfernt in den Bergen aufgefunden. Als ich nach einigen Tagen wieder zu mir gekommen war, sah ich mich bewegungsunfähig in eine Statue aus Gips verwandelt. Man erzählte mir, man habe mich in einer Schneewehe unweit einer schwer zugänglichen Berghütte entdeckt, meine Skier aber seien, so sehr man auch ringsum suchte, unauffindbar gewesen.

Anfangs begriff ich kein Wort von diesem verzwickten Bericht, dann aber, als mir allmählich ein Licht aufging (in den verschneiten Bergen, weitab von Wanderwegen, dorthin konnte ich nur – anders war es wohl nicht denkbar – auf Skiern gelangt sein, da Skier in den Vorstellungen der Leute die einzige Erklärung für die Stelle waren, wo man mich gefunden hatte), versuchte ich ihnen ein paarmal die Wahrheit zu sagen. Man hörte mir jedesmal verdächtig verständnisvoll und wenig erstaunt zu, man gab mir recht und ermunterte mich weiterzuerzählen, so als seien die von Fäulnis befallenen Felder, das verschwundene Dorf und die fliegende Kirche nichts Außergewöhnliches, woran ich merkte, daß man nicht etwa aus Gutgläubigkeit zu meinen Worten schwieg, sondern weil man es nicht für ratsam hielt, mir zu widersprechen. Also verzichtete ich auf weitere Überzeugungsversuche und akzeptierte die sportliche Variante, erkundigte mich munter, wie es um die Suche nach meinen Skiern bestellt sei, und bekam jedesmal höchst negative, doch äußerst begeisterte Auskünfte. So wurde irrtümlicherweise der Verzicht auf die Realität zum sicheren Zeichen meiner Rückkehr ins Leben. Man ging so nett mit mir um, daß es mir einfach unmöglich war, irgendwen zu enttäuschen. Dafür war ich viel zu höflich.

Entwürfe der Vergangenheit

Was ich jetzt erzählen will, habe ich nicht selber erlebt. Damals war ich noch ein Kind und bekam bloß, ohne recht zu verstehen, worum es ging, verschiedentlich mit, daß andere davon betroffen waren. Wenn mir dennoch etwas aus jener Zeit in Erinnerung geblieben ist, dann das Wort *Bărăgan*. Ihm haftete etwas durch und durch Furchterregendes an, besonders für ein Kind, das zwar keine Drachen und Ungeheuer, keine Gespenster und Hexen fürchtete, statt dessen aber seltsamerweise – und dies war unendlich viel schlimmer – vor ganz gewöhnlichen Wörtern erschrak, die man in seiner Umgebung mit einem Grauen aussprach, das sich, unverstanden und somit verschärft, auch dem Kleinen mitteilte. *Bărăgan* war eins dieser Worte. Ein anderes war *abholen*. »Heut nacht werden sie mich wohl auch abholen«, hörte ich meinen Vater sagen und begriff ohne weitere Erklärung, daß sich darin das größte Unglück ankündigte, das ihm widerfahren konnte. Dann verschwand mein Vater, und das Verb *abholen* wurde für mich, ohne daß ich seine Bedeutung erfaßte, zum Namen für diese Art von Verschwinden, zum magischen Zeichen, das wie ein Erkennungsmal die düstere Miene meiner Mutter prägte, das auch in der veränderten Stimme der Lehrerin lag, wenn sie mich ansprach, oder in den ausweichenden Blicken der Nachbarn, wenn sie ihre Kinder zu sich riefen, die nicht mehr mit mir spielen sollten. *Bărăgan* hingegen war kein Zeichen, sondern eine Angabe. Man sagte: »Die hat man in den *Bărăgan* gebracht« oder »Der kommt nicht mehr aus dem *Bărăgan* zurück«, und ich stellte mir darunter eine Art Höllengrube vor, in die alle möglichen Leute, deren Verfehlungen mir zwar unklar waren und denen man allenthalben wie Toten nachweinte, wie zur Strafe von irgendwelchen unbekannten, aber unendlich starken Gewalten wahllos hineingeworfen wurden. Als ich später in einer Geographiestunde verblüfft feststellen mußte, daß der Bărăgan eine große fruchtbare Tiefebene ist, konnte ich nur annehmen, daß es sich um zwei verschiedene Begriffe handelt, die äußerlich rein zufällig übereinstimmten, aber nichts miteinander zu tun hatten. Nichtsdestotrotz lief mir jedesmal ein kühler Schauer über den Rücken, wenn ich auf das unschuldige Zwillingswort meiner Gedankenwelt stieß.

Also, die Begebenheit, von der ich erzählen möchte, habe ich nicht miterlebt, aus dem einfachen Grund, weil ich zu jenem Zeitpunkt noch ein Kind war, aber sie hat sich in meiner Umgebung zugetragen, unter Leuten, die ich vor und nach dem Abenteuer gekannt habe, und obgleich man mir erst später davon erzählt hat, als ich selber schon erwachsen war, ließ ich mich nicht davon abhalten, all meine Vorstellungen und Ängste, mit denen ich aufgewachsen war, obendrauf zu packen und das Ganze – rückwirkend und sogar mißbräuchlich – meinen Kindheitserlebnissen einzuverleiben.

Angefangen hatte die Geschichte mit einer Hochzeit. Genauer gesagt, damit, daß mehrere geladene Gäste an einem der ersten Sonntage im Jahre 195... zur Feier in das einige Dutzend Kilometer von unserer Stadt entfernte Heimatdorf der Braut aufbrachen. Zu Ende ging es elf Jahre später, als die Hochzeitsgesellschaft, oder was davon noch übriggeblieben war, wieder nach Hause kam, und die Zeit innerhalb dieser absurden Klammer steht nicht nur für die Dauer des Vorgangs, sondern auch für seinen Sinn. Schon der Aufbruch zur Hochzeit war eigentlich eine absurde Angelegenheit. Kurz zuvor hatte es noch eine hitzige Auseinandersetzung zu diesem Thema gegeben, eine Auseinandersetzung, bei der ich zufällig dabeigewesen war, halb entschlummert in den Armen meiner Mutter, die sich ebenfalls ins Gespräch mischte und gegen Onkel Emil Stellung bezog, der erbost war, daß er wider seinen Willen »in diesen Zeiten, in denen nur Verrückte an eine Hochzeit denken können«, mitgeschleppt wurde. Übrigens war Onkel Emil der erste, der mir viele Jahre nach seiner Rückkehr alles erzählt hat, auch über jenen Streit vor der Abreise, an den ich mich freilich nicht mehr entsinnen konnte, bei dem ich jedoch seiner Erinnerung nach zugegen gewesen war. Am Ende hatten sich die Frauen durchgesetzt mit ihren frivolen Argumenten (»Zum Kuckuck, wir werden alt und haben nichts vom Leben gehabt«) und den zugleich tiefsinnigen Worten: »Keine Politik der Welt hat die Menschen davon abbringen können, zu heiraten, Kinder zu kriegen und im Alter zu sterben. Wenn ihr es wissen wollt, eine Hochzeit ist wichtiger als eure ganze Politik.« Sie sind alle mit auf die Hochzeit gegangen: die Frauen in altmodischen Kleidern aus der Vorkriegszeit (»Wie kann man zu einer Hochzeit in einem Kleid aus Buntdruck gehen, den man auf die Kleiderkarte vom Meter bekommt?«) und die Männer, mürrisch in Hemdkragen steckend, die aus den ausgebeulten und blankgewetzten Anzügen krochen, für alle Fälle ihren Lodenmantel und den ihrer Frau über den Arm und nur vom Gedanken an den unerläßlichen Krätzer versöhnt, der diese absurde Eskapade gewiß um einiges erträglicher machen würde. Eigentlich ließ sich die Hochzeit allerbestens an. Man hatte ein Schwein und ein Kalb geschlachtet, ich weiß nicht wieviel Truthähne und unzählige Hühner, auch den Weingarten hatte man geplündert, und den Städtern, die sich nur von Schwarzbrot und Marmelade zu fünf Lei zwanzig ernährten,

wollte kaum in den Kopf, daß es sich auf dem Dorf noch
so leben ließ, wenn auch nur zu außergewöhnlichen An-
lässen. Im Jahr darauf und, wenn auch etwas abge-
schwächter, noch viele Jahre danach wurde diese üppige
Hochzeitstafel, die auch genauso überladen und nahezu
unangerührt zurückblieb, zu einem beliebten nächtli-
chen Alptraum. Damals freilich dachte noch keiner von
ihnen an kommende Alpträume, als sie ohne Eile dem
Festschmaus entgegenstrebten (schon mit Rücksicht auf
ihr Ansehen als Städter oder Intellektuelle ließen sie
sich ein bißchen Zeit, aber auch aus einer gewissen sinn-
lichen Lust, die bevorstehenden Freuden noch etwas
hinauszuschieben), derweil die Ehefrauen, jung und
hübsch wie lange nicht mehr, kichernd von ihren Männern verlangten, sich dafür zu entschuldigen, daß sie
nicht hatten mitkommen wollen. Damals war das Fest-
mahl noch ganz real, und es bot alles auf, was sich ein
stolzer Bauer ein Jahr lang vom Munde abgespart hatte,
um seine Tochter an einen Herrn zu verheiraten, ein
Festessen, das nur darauf wartete, daß sie, die Kollegen
und Freunde des Bräutigams, sich niederließen und mit
der Feier begännen. Und so wollten sie gerade Einzug
halten zwischen den Tischreihen und Sitzbänken – vor-
neweg der Brautführer, ausgerüstet mit einer Feldflasche
aus Holz, die mit roten Blumen bemalt und mit weißen
Schnüren und Trikolorebändern umwunden war (von
den Trikolorebänder war eigentlich nur noch ein Fetzen
übriggeblieben, weil irgendwer, der Bräutigam wohl, es
im letzten Moment für klüger gehalten hatte, sie zu entfernen, und da sie zu sehr in Schleifen und Blumen ver-
flochten waren, wurden sie einfach mit der Schere her-
ausgeschnitten), hinter ihm die Braut in ihrer Tracht mit
Rockschürze und Wams sowie mit Myrtenkranz und
weißem Schleier statt des schwarzen Fransentuchs, wie
es die anderen Frauen umgelegt hatten, dann der Bräuti-

gam nebst Trauzeugen und die Schlange der Hochzeitsgäste –, da wurden auf einmal das Akkordeon des Schul-
meisters und die Geigen der Zigeuner von heftig
quietschenden Bremsen und vom energischen Knallen
mehrerer Wagenschläge übertönt. Gleich vom ersten
Augenblick an war jedem von ihnen klar, daß Schlimmes
bevorstand, und doch wagte niemand, auch nur in Gedanken an das Übel der nächsten Minuten zu rühren.

»Am stärksten hat sich mir von dieser ersten Phase vor
Antritt der Reise eingeprägt«, sagte Onkel Emil zu mir,
»wie alle im selben Moment versteinerten, als die Neuankömmlinge zum Tor hereinkamen – Brautführer,
Braut und Bräutigem, Trauzeugen und Hochzeitsgäste,
Männer wie Frauen, alle in halber Kehrtwendung, auf
den Gesichtern noch Fröhlichkeit, in den Augen jedoch
schon Angst, einen Anflug von Verstehen, auch wenn
keine Zeit zum Überlegen geblieben war, sie alle ge-
stoppt auf der Bahn ihrer verschiedenen Existenzen, zufällig und für einen Abend nur an einem Ort versammelt
und nun zu grotesken Salzsäulen erstarrt, gleichsam ein
leicht allegorisches Bild, umgrenzt von den zwei Flucht-
linien der reichlich gedeckten Festtafeln.«

Weder nach Ausweispapieren noch nach dem Grund
ihres Hierseins befragt, wurden sie allesamt innerhalb
von knapp zwei Stunden auf die Lastwagen verfrachtet,
die so auffallend laut vor dem Tor gebremst hatten, und
noch in derselben Nacht wurden sie zu einem nicht
identifizierbaren Bahnhof gefahren, wo man sie in Gü-
terwagen unterbrachte, die dann mehrere Tage lang
(durch die Ritzen der Bretterverkleidung waren Tages-
und Nachtlicht leicht zu unterscheiden) rollten und
standen, wieder rollten und wieder standen, ohne daß
ihre Insassen wußten, wohin es ging und weshalb man
hielt. Beim letzten Halt stiegen sie erneut aus den Wag-
gons in Lastwagen um, doch da die Wagenplane keinen

Schlitz hatte, wußten sie diesmal nicht, ob es Tag oder Nacht war.

Angekommen sind sie an einem wunderschönen Morgen, einem jener kühlen, klaren Herbstmorgen, in deren Frische sich doch schon ungebrochene und desto krassere Mittagshitze ankündigt. Sie kletterten langsam vom Lastwagen, wobei jeder erst, vom heftigen Lichteinfall aus dem Gleichgewicht gebracht, einen Moment vor dem Absprung innehielt und sich dann wie in ein unvermutet flaches Gewässer gleiten ließ. Nachdem alle unten waren und der Lastwagen, ohne daß auch nur ein Wort gefallen war, wieder startete, warfen sie einen ersten Blick in die Runde und versuchten zur Besinnung zu kommen. Da hielt der Lastwagen, als habe man noch etwas vergessen, einige hundert Meter weiter an, irgendwer warf ein paar Schaufeln, Spaten und Harken ab – man sah nur die Holzstiele durch die Luft wirbeln – und gedämpft durch die Entfernung und den heulenden Motor, rief eine Stimme ihnen spöttisch zu, daß man ihnen die Möglichkeit gebe, sich ihr Brot selber zu erarbeiten, und daß sie sich weder von ihrem Standort entfernen noch den umliegenden Siedlungen nähern dürften.

Als sie allein geblieben waren, zählten sie nochmals durch: Sie waren neun. Und rund um sie herum der Bärägan. Von den Siedlungen, denen sie sich nicht nähern sollten, keine Spur. Zu sehen waren nur ein Wäldchen – nicht mehr als ein paar hundert Bäume –, ein Ziehbrunnen und ein Stoppelfeld, das sich wie unabänderlich von Horizont zu Horizont erstreckte. Als erstes sammelten sie die Arbeitsgeräte von dort auf, wo sie abgeworfen worden waren. Alsdann gingen sie zum Brunnen. Das waren instinktive Handlungen, die sie ohne ein Wort ausführten. Eigentlich hatten sie seit den ersten Stunden der Wirrsal – denn der anfänglichen Erstarrung, an die sich Onkel Emil noch erinnern konnte, war ein unbeschreibliches Hin und Her gefolgt, man suchte seine Sachen zusammen, sandte Stoßgebete zum Himmel und packte unter Tränen, Geschrei, Wehklagen, Widerstandsversuchen und Ohnmachtsanfällen ein – wenig oder fast überhaupt nicht mehr geredet. Die Tage und Nächte unterwegs waren von einer unbekannten und an völlige Teilnahmslosigkeit grenzenden Trägheit überschattet gewesen. Und sie hatten diese ereignislosen Tage und Nächte auch gebraucht, damit ihre plötzlich umgestoßenen Gewohnheiten und ihr angeschlagenes Weltbild wieder ins Lot kamen und unter anderen Vorzeichen erneut in Funktion treten konnten, wie irgendwelche Apparaturen, bei denen verschiedene Einzelteile ausgewechselt worden waren und die nun auf Befehl in ihrer neuen Zusammenstellung andere Ergebnisse bringen sollten. Im Grunde war es sogar befremdend, mit welch ungeahnter Schnelligkeit man sich geistig auf die veränderte Situation einstellte. Waren doch erst wenige Tage vergangen, seit die Hochzeit unterbrochen und man auf Lastwagen verfrachtet und in Züge gepfercht worden war, und doch schien alles, was davor gelegen hatte – die überladene Tafel des nicht begonnenen Festmahls, die vor der Kirche über den Häuptern der Brautleute ausgestreuten Weizenkörner, der von dem alten Popen mit dem bukowinischen Akzent umständlich in die Länge gezogene Traugottesdienst, die Auseinandersetzungen vor dem Aufbruch zur Hochzeit und, noch weiter zurück, der normale Alltag vor diesem nichtigen Zwischenfall, der noch entscheidend werden sollte –, einer beinah unvordenklichen, versunkenen Zeit anzugehören, ja, es erschien gar unglaubwürdig und irreal. Wirklich real geblieben war nur das quietschende Schaukeln des Güterwaggons, in dem sie sich wie in einer Art Dämmerschlaf ausgestreckt hatten, wodurch sie körperlich gegen Hunger, Durst und Kälte und seelisch gegen jeden inneren Widerstreit gefeit waren. Erst jetzt, als sie vom Lastwagen gestiegen und, plötzlich unter freiem Himmel stehend, dem grellen Licht des kühlen Oktobermorgens ausgesetzt waren, hatte sich die Betäubung von selber verzogen, und mit einem Schlag waren sie an der Schwelle zu einer neuen Welt erwacht. Eine erstaunlich einfache Welt: Himmel, Erde, ein paar Bäume, ein Brunnen und sie selber. Sie zählten abermals durch. Neun Leute – sechs Männer und drei Frauen.

Am ersten Tag wurde Bestandsaufnahme gemacht. Zuerst untersuchte man das Gepäck. Manche hatten Koffer, andere Bündel, doch keiner von ihnen hätte sagen können, was er da eingepackt hatte, was ihm in die Hand gefallen und brauchbar erschienen war. Sonderbar und beinahe amüsant mutete aber an – sofern in jener kargen Welt noch Platz für Humor war –, daß jedermann überhaupt ein eigenes Gepäck besaß, das er jeweils mit umgeladen und unterwegs nicht aus den Augen gelassen hatte, ohne zu wissen, was es enthielt, und meistenteils auch ohne daß ihm der Inhalt jemals gehört hätte. In dem Moment, als die Hochzeit unterbrochen wurde und man ihnen mitteilte, daß sie weggebracht würden und daß sie packen sollten, waren lediglich die Gastgeber – die Brauteltern, die Braut selber und, etwas zaudernder und weniger überzeugt, auch der Bräutigam – bestürzt hin und her gesaust und hatten eingepackt. Zudem war nicht einmal klar, wer mitgenommen würde. Gewiß, die Gastgeber durften nicht darauf hoffen, daß nicht sie gemeint seien, schließlich hatten die Wagen vor ihrer Tür gehalten. Die anderen aber, die Hochzeitsgesellschaft und sonstige Gäste, waren ja nur zufällig da, sie hätten genausogut auch nicht zugegen sein können. Demnach konnte sich der erste Satz »Sie sind alle verhaftet«, selbst wenn er nur der Form halber ausgesprochen worden war, einzig auf sämtliche

Mitglieder der Familie beziehen. Doch nachdem sie allesamt ein paar Minuten lang dem sinnlosen und fast komischen Treiben der Gastgeber zugeschaut hatten, die nicht mehr wußten, was sie machen und wo sie Hand anlegen sollten, wandte sich der Offizier ungeduldig und irgendwie lässig zu den anderen und sagte: »Was stehen Sie so herum? Packen Sie ein.« Nun stürzten alle herzu und machten sich ans Packen, rafften alles, was sie ringsum vorfanden, in Tischtücher, Laken, Bettbezüge und Decken, ohne noch im mindesten zu bedenken, daß ihnen diese Sachen gar nicht gehörten, und ohne wenigstens zu überlegen, wozu man sie gebrauchen könnte. Eigentumsrechte wurden aufgehoben durch die Rechte des jeweils Packenden, und für den Rest des Weges blieben die Gepäckstücke strikt personengebunden und von Geheimnis umwittert. Denn angesichts dieser im Halbschlaf verbrachten Reise ins Ungewisse erschienen mit Ausnahme der eßbaren Sachen, die der Hunger in Erinnerung brachte und aus ihrem Versteck zutage förderte, all diese zufällig und unvollständig zusammengestellten Dinge lächerlich und waren von eher symbolischem und sentimentalem Wert – unbedeutende Fragmente einer entschwundenen Welt, von deren Existenz sie beharrlich Zeugenschaft ablegten. Erst jetzt, auf dem weitläufigen, öden Stoppelfeld, wo sich die Gestrandeten wiederfanden, bekam das absurd anmutende Reisegepäck einen Sinn, und in dem Leben, das nun für sie begann, erwies sich jedes Fädchen von nie geahntem, verblüffendem Nutzen. Sie waren reicher, als sie dachten. Obwohl unüberlegt und bunt durcheinander gepackt, enthielten die Bündel, Kisten, Koffer und Körbe einen unglaublich vielfältigen und unverhofft nützlichen Schatz: Kissen, Pfannen, Aschenbecher, Kartoffeln, Bleistifte, Holzlöffel, Hemden, irdene Becher, Gläser, halb vollgeschriebene Notizhefte, Kasserollen, Einweckgläser, Decken, wollene Rockschürzen, Schleifenband, in Zellophan gewikkelte Bonbons, hausgemachte Kernseife, einen Rasierapparat, Gabeln, Hochzeitskerzen, eine Schuhkremdose voller Nägel, Schmerztabletten, Dosenöffner; Zahnbürsten, Fliegenfänger, ein Nadelkissen mit Stecknadeln, einen Porzellanelefanten, einen Korkenzieher, Laken, mehrere bestickte Blusen, ein paar mit Schmuckband umwickelte Kindersachen, einen Wecker, zwei unversehrte Weckgläser mit Sakuska sowie eines, das zerbrochen war und sich über mehrere Kissenbezüge und ein Bündel Aluminiumgabeln ergossen hatte; eine orientalisch gemusterte Blechbüchse für türkischen Honig, die bis obenhin mit Nähnadeln, Häkelnadeln, Druckknöpfen, Haken, Gummischnipseln und alten Rasierklingen vollgestopft war; Blechteller, Tonschüsseln, eine Rolle Litze, eine Tüte voll Korken, eine Büchse Kaffee, eine dicke Wolldecke, drei Fellwesten, ein paar Stück Speck, Nüsse, einen Maiskolben, einen Damenmantel, ein paar Mützen, ein Sträußchen getrockneten Dill, ein Beil, ein großes Kopftuch aus schwarzem Samt, Weinscheren, eine verrostete Sichel, Handtücher, Tischtücher, einen Scheffel, einen Lidstift, leere Parfümfläschchen, Perlenketten aus Holz, Glas und Muscheln, ein Telefonverzeichnis, eine Schallplatte mit Volksmusik; einen halbvollen Salzstreuer; Äpfel, ein paar Flaschen Pflaumenschnaps, ein gedrucktes Marienbild, eine Tube Klebstoff, zwei Schachteln Reißzwecken, eine fast aufgebrauchte Tube Zahnpasta, Wandhaken, einen Wedel Basilienkraut, umwickelt mit einem Trikoloreband, Herrensocken, etliche einzelne Absatzschuhe, einen Dreifachstecker, eine Bibel, einen Kaffeetopf; eine Tüte Dörrpflaumen, eine Tüte Bohnen, einen Unterrock, eine Mausefalle, zwei Gläser Honig, einen Blumentopf, eine Laterne ohne Docht und Petroleum, eine Siphonflasche, eine Quitte; Leinenflicken, ein Handbeil, ein paar grob

gegerbte Lammfelle, ein Knäuel Bindfaden, eine unge-
brauchte zusammengerollte Schuhsohle, einen Fahrrad-
schlauch, Knöpfe, Stoffblumen, Krawatten, einige Bund
Zwiebeln und Knoblauch, Angelhaken, Hosen, Spielkar-
ten, Zigarettenspitzen, Vanillezucker- und Backpulver-
tütchen, Schrauben, Makkaroni, einen Schleifstein, ein
Fläschchen mit Rumaroma, Zellophan, Servietten, Si-
cherheitsnadeln, Zahnstocher, Draht, Rosinen, Kümmel.

»Erst beim Anblick dieses Sammelsuriums« erzählte
mit Onkel Emil, »wurde mir klar, wie verloren, wie
schutz- und hilflos wir gewesen wären, wenn wir nicht
in unserer Verwirrung alles, was uns unter die Finger gekommen war, in Decken und Laken zusammengerafft
hätten und wenn wir uns nicht unserem vor Angst
durchgedrehten Instinkt überlassen hätten. Der hat eine
Arche Noah von Dingen zusammengebracht, die, wenn
auch noch so unbedeutend und lächerlich, doch zugleich einen Gradmesser und ein Abbild jener Zivilisation, die uns ausgestoßen hatte, lieferten. Ähnlich wie ja
auch archäologische Funde, Tonscherben und Überreste
von Halsketten, Goldplättchen oder verrostete Haken,
genau datiert werden können und erstaunlich weit rei-
chende Rückschlüsse auf die einstigen Benutzer zulas-
sen.«

Zuallererst sortierten sie sorgfältig alles aus, was im
nächsten Jahr als Samen verwendet werden konnte: die
Tüte Bohnen, den Maiskolben, das Bund Zwiebeln und
das Bund Knoblauch, das getrocknete Basilienkraut und
den Dill, die Kartoffeln und sogar ein paar Nüsse und
Pflaumen. Außerdem verwandten sie alle miteinander
mehrere Stunden darauf, sich die Weizenkörner aus den
Haaren, Rockfalten, aus den Hutbändern, dem Busen
und den Hosentaschen zu lesen, die dort hängengeblie-
ben waren, Weizenkörner, die man den Brautleuten am
Ausgang der Kirche übers Haupt gestreut hatte. Natür-

lich fanden sich die meisten im Haar und im Schleier der Braut.

»Dieser Weizen, den wir auf einer Decke sammelten, über der die Braut ihre Haare gelöst und zusammen mit dem Brautschleier ausgeschüttelt hatte, war unser von Jahr zu Jahr reichlicher werdendes Brot«, sagte Onkel Emil bisweilen träumerisch und fast wehmütig zu mir, und jedesmal setzte Tante Turica, vielleicht aus Eifersucht, vielleicht auch nur der Genauigkeit halber, hinzu: »Zum Glück hat auch der Brautführer noch eine Hosentasche voller Körner gefunden.«

Auch der alte Pfarrer mit dem bukowinischen Akzent zog etwas verschämt eine Handvoll Sonnenblumenkerne aus der Tasche seiner Soutane und trug zu dem Samenfonds bei. Außer Onkel Emil und Tante Turica, der Braut, dem Brautführer und dem betagten Priester gehörten zu der Gruppe noch Tante Salomie – eine alte Bäuerin, in ihrem Dorf eine wahre Institution, Kräuterweib und große Meisterin in der Fabrikation von Hochzeitskringeln und hausschlachtenen Würsten –, der Bräutigam und zwei Bauern, einer, der allerjüngste, Weichensteller bei der Eisenbahn, und der andere, sehr alt, so etwas wie ein Onkel der Braut, der nach mehr als dreißig Jahren aus Amerika zurückgekommen war, zu seiner inzwischen längst verstorbenen Frau und zu seinem mittlerweile verheirateten Sohn, der selber schon Kind und Kindeskinder hatte. Dieses Häuflein, das offenbar von Anfang an von Onkel Emil, dem Geschichtslehrer, angeführt wurde, war eine reichlich kuriose Mischung. Nachdem man in den ersten Stunden noch darauf gewartet hatte, mit der restlichen Hochzeitsgesellschaft wieder vereint zu werden, und deshalb von Zeit zu Zeit zusammenzuckte, wenn man meinte, in der Ferne einen Lastwagen dröhnen zu hören, ließ die kleine Schar aber merkwürdig rasch von dieser Wunschvorstellung ab. Alle sahen ein, daß sie vollzählig waren, daß sich für jeden von ihnen das gesamte Universum auf die jeweils anderen erstreckte und daß sie einer dem anderen Stütze und Gegenüber sein mußten. Es waren also: ein Pfarrer aus der Gegend um Putna, den es auf seine alten Tage noch in unseren Landstrich verschlagen hatte, der einzige, für den diese Reise keine Überraschung war, sondern eine nahezu logische Fortsetzung des Weges, den er angetreten hatte, als er sein immer noch nicht vertrautes Heim verließ, ein junges Mädchen, Dorfschullehrerin und Braut; der Bräutigam, wie mein Onkel Lehrer, aber für Naturwissenschaften; Tante Turica, Lehrerin auch sie, aber für Mathematik (»Das einzige, was wir hätten einrichten können«, meinte Tante Turica später scherzhaft, »wäre eine Schule gewesen. Leider hatten wir keinen Schüler«); der Brautführer, Förster von Beruf, ein stämmiger Mann in den besten Jahren, mit starkem Gemüt und hellem Kopf, der in den nächsten Jahren nicht nur die trefflichsten Vogel- und Hasenfallen verfertigte, sondern der auch der einzige sein sollte, der in Momenten allgemeiner Niedergeschlagenheit, wenn die Verzweiflung wie ein Funke von einem zum andern übersprang und wollüstig ihre lastende Asche ringsum verstreute, der verheerenden Aufwallung zu widerstehen vermochte und der mit seinem Lachen, das anfangs zwar fehl am Platz wirkte, dann aber umgekehrt die Verzweiflung seiner Gefährten unangemessen erscheinen ließ, alle wieder ins Gleichgewicht brachte; Culai, der junge Bauer in Eisenbahneruniform, die anfangs wie neu war, mit der Zeit aber ein fossiles Aussehen annahm, indem sie nicht wie die Kleider der anderen immer mehr verschliß, sondern im Gegenteil immer steifer wurde und am Saum aufrauhte wie Borke, er war der einzige, der beim Roulett des Abtransports von seiner Frau getrennt worden war, ein für gewöhnlich sehr schweigsamer Mensch, der sich mit einer gewissen Verbissenheit in die Arbeit stürzte und ständig neue Beschäftigungen ersann, der aber von Zeit zu Zeit verschwand und wenig später ein paar Kilometer weiter weg im Wäldchen zu hören war, wo er auf Blättern traurige Weisen blies; Tante Salomie, die zur Hochzeit ihre Festtracht angelegt hatte, in den Jahren darauf jedoch in unvorstellbaren Lumpen ging, um ihre guten Kleider für die Beerdigung aufzuheben, weshalb sie diese nur noch sonntagmorgens anzog, wenn sie sich in aller Heimlichkeit gründlich am ganzen Körper gewaschen hatte und sich auf den Kirchgang vorbereitete, worauf sie, den anderen geziemend einen guten Tag wünschend, wahrhaftig entschlossenen Schritts wie zielgerichtet ein paar hundert Meter aufs Feld hinausmarschierte, um sich dann am Feldrain auf einem ausgebreiteten Taschentuch niederzulassen, wo sie mehrere Stunden wie in einem Gottesdienst reglos verharrte, bis sie genauso entschlossen und in dem ruhigen Gefühl einer erfüllten Pflicht zurückkehrte, die anderen begrüßte, ihre Sonntagskleider andächtig zusammenfaltete und in ihre Alltagslumpen schlüpfte; der alte Ricanu, eine komische Abkürzung des Spitznamens »der Amerikaner«, den er mit einem gewissen Stolz trug und noch durch unglaubliche und widersprüchliche Geschichten erhärtete, die sich alle dort drüben zugetragen haben sollten und in denen er jeweils der tapfere und glückliche Held war; und natürlich mein Onkel Emil, durch dessen Augen ich das alles miterlebt habe.

Nachdem sie die erste Nacht gleich dort auf der nackten Erde verbracht hatten, rund um ein kurzlebiges Feuer aus Disteln und verdorrtem Unkraut versammelt und zwischen ihren Bündeln zusammengeringelt, beschlossen sie anderntags, unter Culais und des Brautführers technischer Anleitung – beide hatten schon einmal beim Bau von Fachwerkhäusern mitgemacht – eine Unterkunft zu errichten. Zum Glück war das Wetter noch mild, doch lange konnte es nicht mehr so bleiben, und für den bevorstehenden Winter brauchten sie ein Dach über dem Kopf. Zunächst inspizierten sie die Gegend im Umkreis von mehreren Kilometern. Sie brauchten Holz, Lehm, frische Zweige, Stroh und Dung. Doch selbst wenn sie all das gefunden hätten, wäre nach Errichtung der Wände auch ein regendichtes Dach nötig gewesen, wofür aber weder die verfügbaren Materialien noch die vorhandenen Werkzeuge und die zu Gebote stehende Zeit ausreichten. Der Gedanke an ein Fachwerkhaus wurde also fallengelassen oder, besser gesagt, hinausgeschoben. Statt dessen zogen sie vom Brunnen weg, zu dem sie nun täglich lange Wege zurücklegen mußten, um Wasser zu holen, und suchten in dem Akazienhain (das waren knapp zwei- bis dreihundert Bäumchen, die dort verloren auf freiem Feld wuchsen) Unterschlupf, wo sie zwischen den hohen, geraden Stämmen dicke Äste und mühsam mit dem Beil und dem Fuchsschwanz, ihren einzigen Schneidwerkzeugen, die beinah zu Kultgegenständen wurden, zerlegte Baumstämme zu Wänden aufschichteten. So hatten sie einen Palisadenbau von etwa zwanzig Quadratmetern zusammengebastelt, der kreuz und quer mit Zweigen abgedeckt und zum Schluß unter Mühen mit aufgelesenen Taubenfedern und sehr viel Laub beschichtet wurde, so daß sich die ganze Konstruktion in eine Pflanzenpyramide verwandelte, von der man bis zum ersten Regen nicht wissen konnte, ob sie zu etwas nütze sei. Aber in der späten Jahreszeit war dies offenkundig die einzige Lösung. Die Errichtung dieses eigenartigen Bauwerks dauerte etwas länger als zwei Wochen, und während dieser ganzen Zeit schliefen sie, all ihre Sachen am Leib, in einem riesigen Laubhaufen eng aneinandergekuschelt, und wenn sie vor Kälte wach wurden, rückten sie noch mehr zusammen. Morgens sahen sie ihre Wimpern und Haare anmutig von Rauhreif versilbert, die Nüstern vor Kälte verklebt, und ihr Atem hüllte sie ein wie eine warme Wolke, die sie erst fortwedeln mußten, wenn sie nach dem Wetter schauen wollten. Feuer wagten sie erst spät zu machen, nachdem der erste Schnee gefallen war, obgleich sie rechtzeitig Vorratshaufen aus Zweigen, Spänen und großen Kloben von Baumstümpfen angelegt hatten; damit wurde äußerst sparsam umgegangen in jenem Winter, der der schwerste ihres Lebens war und den sie unglaublicherweise alle überstanden. Ebenfalls noch vor Wintereinbruch hatten sie die Akazienschoten aufgesammelt, die einen richtigen Teppich auf dem Boden bildeten. Sie enthülsten sie wie Erbsen und häuften sie zu kleinen Portionen glänzender Bohnen auf, die, mit ein bißchen Speck gekocht und zuweilen noch durch eine Handvoll Blätter angereichert, eine bräunliche Suppe ergaben. Ansonsten scharrten sie im Erdboden nach den Wurzeln verdorrten Unkrauts, dessen Saft und Kraft sich in jenen langen weißlichen, drahtigen, verkrüppelten und fast animalisch anmutenden Fingern gesammelt hatte, auf denen sie endlos herumkauten, bis sie sich herunterschlucken ließen, wobei ihnen nicht einmal der Gedanke kam, sie könnten giftig sein, was sie auch – zu alledem! – tatsächlich nicht waren. Doch sie wären wohl dennoch Hungers gestorben, wenn sie nicht den Brautführer mit seiner unerschöpflichen Findigkeit im Fallenstellen gehabt hätten. Als die gewöhnlichen Opfer – Spatzen und Krähen – ausgingen, kamen die Feldmäuse und Hamster dran, die sich von den täglich sorgfältig kontrollierten Samenvorräten anlocken ließen (»die Samenbank«, wie sie getauft wurde, als man sich mit zusammengebissenen Zähnen den Verzehr jeden künftigen Samens versagte – ein Verbot, das in jener todesnahen Hungerszeit einer wahren Heldentat gleichkam – und festlegte, daß er für den Frühling *zurückgelegt* werde). Gegen Winterende waren sie schließlich bei Baumrinde angelangt. Das bedeutete freilich nicht, daß sie nicht auch Momente, ja längere Zeiten der Hochstimmung erlebt hätten. Da waren zum Beispiel die Tage nach der unbeschreiblichen Wildschweinjagd. Meine Vorstellungen von dieser Episode, von der ich mehrmals erzählen hörte, wurden immer von einer Lithographie überlagert, die ich einmal in frühester Kindheit zu Gesicht bekommen hatte und auf der eine Mammutjagd abgebildet war. Ich weiß noch heute, daß mich an dem Bild weniger das schon auf einem Knie liegende und fast bezwungene Mammut erschreckte als vielmehr die anderen behaarten Wesen mit starken Kinnbacken und den langen Armen, die mit Holzkeulen und Steinäxten auf das Riesentier einschlugen. Wenn ich an die Stelle jener Physiognomien mit der fliehenden Stirn, die in Höhe der Augenbrauen in einem dicken Wulst endete, die vertrauten Gesichter von Onkel Emil, Tante Turica und ihren Gefährten setzte, von denen ich ziemlich genaue Vorstellungen hatte, erhielt ich ein Bild, das zunächst komisch, gleich darauf aber gespenstisch und abwegig erschien. Ich konnte mir eigentlich nicht richtig vorstellen, wie das Wildschwein aufgetaucht sein mochte. Vielleicht war es ebenfalls vom Hunger umgetrieben, in seiner für menschliche Begriffe unfaßlichen Verzweiflung bis vor die schneeverwehte Hütte geraten, wo sie sich alle, fieberkrank und seit Tagen ohne Essen, kapitulierend rund um die Feuerstelle gelagert hatten und wo feuchte, schwer entflammbare Scheite bloß noch lauwarme, stickige Rauchwolken abgaben, die in Schwaden durch den Raum zogen, da kein Abzug oder Fenster vorhanden war, und wie eine Droge die Sinne benebelten. Ich konnte mir wirklich weder ihren ungläubigen

Schrecken über die plötzlichen Geräusche vorstellen noch das irre Flackern ersten Verstehens, das in ihren Augen aufgeleuchtet haben muß, oder gar ihren entschlossenen Aufbruch, als sie samt und sonders – Männer wie Frauen, jung und alt – furchtlos in den Schnee hinausstürzten, bewaffnet mit allem, was ihnen gerade in die Hände gefallen war: Messer und Sicheln, Äxte und Hacken. Und genausowenig konnte ich begreifen, daß sie die Oberhand gewonnen und es zu erlegen vermocht hatten, ja mehr noch, daß sie nicht gezaudert und keinerlei Zweifel gehegt hatten, es könnte mißlingen.

»Stell dir mal Tante Turica vor«, erzählte Onkel Emil späterhin lachend, »wie sie dem Wildschwein die Hacke ins Hinterteil hieb, während Vater Partenie es von der anderen Seite mit der Forke durchbohrte und Culai sich wie ein Wahnsinniger auf das Tier warf und rittlings draufschwang, jeden Augenblick in Gefahr, sowohl von dem erschrocken auskeilenden Schwein zermalmt als auch in dem überstürzten Hin und Her von seinen Kameraden blindlings erstochen zu werden.«

Es war aber allem Anschein nach unglaublich einfach abgelaufen, und zwar so blitzschnell – in ein und derselben Sekunde zog der Brautführer dem Wildschwein eins mit der Axt über den Schädel, zerfleischte der Bräutigam es mit einer Sichel und brach Onkel Emil ihm mit einem starken Ast, den er wie eine Keule handhabte, das Rückgrat –, als wäre der menschliche Überlebenstrieb stärker gewesen als der des Tieres und als hätte sich dieses aus eigener Einsicht geschlagen gegeben. Vielleicht war das plötzlich aufkreuzende Wildschwein das Wunder, das ihnen über die letzte Hürde des Winters und über die größte Mutlosigkeit hinweghalf und sie dem Frühling entgegenschob. Der alte Ricanu freilich geriet an der Schwelle zwischen den beiden Jahreszeiten, die sie alle nur unter unvorstellbaren Schwierigkeiten überwanden, ins Straucheln. Er lag wochenlang danieder, phantasierte von immer tolleren Amerikaerlebnissen, von Besitztümern und Gefahren, die er mit unerschütterlicher Lässigkeit im Griff gehabt, und dann brachte er irgendwo aus seinem Mantelfutter ein zusammengefaltetes und mit einem Gummi umwickeltes Bündel Banknoten zum Vorschein, sozusagen ein Beweisstück seines Reichtums, über den er selber staunen mußte, und doch auch gleichsam ein magisches Objekt, das – er wollte es kaum glauben – seine Kraft verloren hatte. Eines Morgens dann schien er, schweißgebadet und zu einem Nichts zusammengerutscht, nicht nur wie aus unruhigem Schlaf erwacht, sondern wie aus einem längeren, über weite Strecken bewußt gesteuerten Traum, und plötzlich, als sei ihm jener singende Tonfall des Erzählers gänzlich entfallen, begann er mit völlig veränderter, nüchterner und echter Stimme zu reden. Er berichtete von ihrem Leben in New York, dem Leben jener fünf Männer aus ihrem Dorf, von ihren Ängsten und von der Isolation, die ihre mangelnden Sprachkenntnisse mit sich brachte, von dem Verfolgungswahn, der sie befiel, sobald sie irgendwer ansprach, von der eher vermuteten Verachtung ihrer Mitmenschen, der niemals ausgesprochenen und vielleicht nur eingebildeten, aber gerade deshalb um so verwirrenderen Bedrohung, von der sie sich eingekreist fühlten, und besonders von dem lange Zeit undurchschaubaren Metroverkehr, dem man urplötzlich ganz einfach mit den tausendjährigen Methoden der Gebirgler beikam, die ihre Wege mit Steinchen und am Boden oder an Bäumen eingeritzten Zeichen zu markieren pflegen, um zurückzufinden.

»Sie haben sich Kreide gekauft«, erzählte Onkel Emil ehrfürchtig, »und auf jeder Station flitzte einer während der kurzen Haltezeit hinaus und machte auf einem der Betonpfeiler ein Zeichen. An den Bahnhöfen, wo sie umsteigen mußten, hinterließen sie ein größeres Zeichen in einer anderen Farbe. Dadurch konnten sie sich, ohne die englischen Aufschriften zu verstehen, im Verkehr nach markierten Linien richten, wie wenn sie sich in einem Wald an eingeritzten Wegzeichen orientierten. Für sie war New York im Grunde genommen nichts anderes als ein Wald, der von Wesen bewohnt war, deren Sprache sie nicht verstanden, und dessen Gesetze sie höchstens erahnen konnten.«

Erleichtert, endlich seine amerikanische Wahrheit preisgegeben zu haben, verschied der alte Ricanu ganz schlicht, in Schweiß zerfließend, schrumpfte er zusehends zusammen und löste sich in Salz und Wasser auf. Ein Abgang, der ihn über das Tierreich, dem er ja angehörte, hinaushob. Seine wenigen, fast zu mineralischer Substanz geronnenen Überreste wurden auf einem Friedhof beigesetzt, der erst zu diesem Anlaß eingeweiht wurde. In späteren Jahren sollten hier noch ein wenige Wochen alter Säugling der Braut sowie Tante Salomie in ihrer makellosen Festtracht Aufnahme finden, die sie unter soviel Entbehrungen für die entsühnende Zeremonie des Jüngsten Gerichts aufgehoben hatte.

Dann brach der Frühling, als habe er sich bislang mit Rücksicht auf die störende und einschüchternde Nähe des Todes bezähmen müssen, in aller Ausgelassenheit an. Die Bäume entfalteten ihr Laub, die Erde brachte ihr wundervolles Unkraut, Ampfer und Brennessel, Scharbockskraut und wilden Spinat, zum Vorschein. Jedes Stück Holz war begrünt, und in beinah schamlosem Überschwang, in einer wilden, zügellosen Lebendigkeit gebar jedes Krümchen Erde einen Keim. Sie gruben, harkten und säten vom Aufgang der Sonne bis zu ihrem Untergang, versenkten endlich die unter Entbehrungen und wider alle Verlockung aufbewahrten Samenkörner, die man vor Mäusen und Kornkäfern, vor Schimmel und vor dem eigenen verzehrenden Hunger hatte schützen müssen, in die Erde. Andächtig wurden die Weizenkörner aus den Flechten der Braut, die Körner des zwischen Wäschestücken versteckten Maiskolbens und die Sonnenblumenkerne aus der Rocktasche des Popen ausgesät; es war wie beim Roulett, wenn man seine letzten Münzen auf eine bestimmte Zahl setzt und auf die rotierende Drehscheibe starrt, die über Leben und Tod entscheiden wird. Doch nein, nachdem sie dem Dunstkreis des Todes entkommen waren und wie durch ein Wunder den Winter überstanden hatten, dachten sie in Wahrheit nicht einen Moment lang mehr daran, daß sie noch sterben, daß sie noch unterliegen könnten. Die Saatlöcher für die Kartoffeln und Bohnen, die Zwiebel- und Knoblauchbeete legten sie unweit des Brunnens an, damit sie sie bewässern konnten; sie säten sogar das zu einem Wedel zusammengebundene Basilienkraut und den getrockneten Dill aus. Ebenfalls in Brunnennähe, wo sie später ihr Haus errichten sollten, gruben sie voll verrückter Hoffnung die Kerne von Äpfeln und Quitten ein, die sie in ihrem Gepäck gefunden hatten, sowie die Steine von Backpflaumen und ein paar Nüssen, die sich in irgendwelchen Schuhen versteckt hatten. Und als es dann hieß, auf die Ernte zu warten, begannen sie direkt neben den wohl einzigartig umhegten und gepflegten Pflänzlingen ein richtiges Haus zu bauen.

Jedesmal, wenn Onkel Emil an diesem Punkt angelangt war, wo die Geschichte in geregelte Bahnen zu geraten schien, die in einen steten Kreislauf münden sollten und dem Aussehen nach an eine dauerhafte und zukunftsträchtige Hauswirtschaft gemahnten, konnte er nicht länger umhin, endlich auf meine anfängliche Frage einzugehen, die ich ihm dann immer wieder gestellt und die ich auch heute noch im Gedächtnis habe, deren Antwort mir aber nie einleuchten wollte. Die Frage lautete:

»Warum seid ihr nicht weggelaufen?« Sie waren zwar auf freiem Feld ausgesetzt worden, mitten in der weitläufigen Steppe, einer Tiefebene von Dutzenden, vielleicht auch Hunderten Kilometern Länge, aber doch auf einem begrenzten Terrain, an dessen Rande sich Dörfer und Städte befanden und Menschen lebten. Man hatte sie dort mitten auf dem öden Feld mit einer Handvoll Arbeitsgeräten und mit Sack und Pack allein gelassen, ohne Wächter, ohne jede Aufsicht, ja sogar ohne ein Anzeichen, daß sie, aus größerer Entfernung zwar, heimlich und unauffällig, aber doch irgendwie spürbar beobachtet wurden.

Und selbst wenn ich einsah, daß sie sich den Anweisungen derer, die sie dort hingebracht hatten, nicht gleich zu widersetzen wagten, stellte ich mir doch vor, daß zur Winterszeit der Schrecken des Hungertodes größer gewesen sein muß als diese ohnehin nur theoretische Furcht. Aber daß sie sich in dieser gespenstischen Situation einrichteten, Bäume säten, die erst in fünf, sechs oder zehn Jahren Früchte tragen würden, und daß sie ein Haus errichteten, ohne vorher eine andere Lösung, eine Rückkehr zum Normalzustand auszuprobieren, das kam mir absurd und unannehmbar vor. Und dies um so mehr, als ich Onkel Emil als einen klar denkenden Mann der Tat kannte und auch die Helden seiner Erzählung genauso fest mit beiden Beinen auf der Erde zu stehen schienen.

Seine Antwort begann jedesmal mit der Bemerkung: »Du hast das damals nicht miterlebt. Du kannst es gar nicht verstehen.« Ein entnervender agnostischer Satz, der nicht nur von vornherein meine Argumente vom Tisch fegte, sondern auch jeden Zugang versperrte, als ob sich hinter jener Zeit, in der sich das alles abgespielt hatte und die letzten Endes auch die meine war, selbst wenn ich sie nur in kindlich verträumter Unbewußtheit durchlebt hatte, ein Wesenskern verbarg, den ich nicht durchdringen konnte, ja nicht einmal erahnen sollte.

»Deine Frage, die heute logisch und angemessen klingt, ist uns damals nicht einmal in den Sinn gekommen, und zwar nicht nur mir, sondern keinem einzigen von uns. Findest du das nicht eigenartig? Meinst du nicht, daß es damals etwas, wenngleich kaum Definierbares und nicht Faßbares, gegeben haben muß, was du jetzt zwar nicht siehst, was damals aber über alles entschied? Meinst du denn nicht, daß es jenseits der kilometerweiten Ödnis, jenseits der greifbaren Chance, an die Dörfer in unserem Umkreis heranzukommen, etwas gab, was sich heute höchstens noch theoretisch erfassen läßt, wie etwa die Unendlichkeit der Welt oder eine Reise durch die Zeit? Versteh mich bitte nicht falsch. Ich meine nicht etwa die Angst. Jedenfalls nicht die physische Angst. Die gab es auch da, mitten auf freiem Feld. Wir waren uns durchaus bewußt – und vielleicht hat uns gerade diese eigenartige Klarheit der Sinne am Leben erhalten und mit ein bißchen Glück dazu verholfen, daß wir durchkamen – wir waren uns durchaus bewußt, daß wir jeden Moment vor Kälte oder Hunger umkommen konnten. Unserer Existenz hätte also ein Ende gesetzt sein können. Du mußt verstehen, daß es nicht die Angst vor dem Tod war, die uns davon abhielt, jenen Sperrkreis zu überschreiten. Ich würde sagen, im Gegenteil. Der Tod konnte uns keineswegs schrecken, er war ja dort bei uns auf dem Feld, und es hing nur von uns – und sicher von unserem Glück – ab, ob wir ihn überwinden würden oder nicht. Dort hing alles von uns ab. Natürlich waren wir durch einen enormen willkürlichen Eingriff von außen dorthin gelangt, doch im Rahmen dieser Fremdbestimmung hing es nur von uns ab, ob wir umkommen würden oder nicht. Diese Entscheidung war uns überlassen Und da innerhalb dieses unsagbar engen

Spielraums Leben wie Sterben gegeben waren, war alles gegeben. Draußen hingegen war nicht das geringste zu machen. Und dort hing nichts von uns ab. Was uns von den Dörfern fernhielt, war nicht Scheu, sondern die Gewißheit, daß ein Kontakt mit ihnen nichts einbringen würde. Was uns zurückhielt, war die Einsicht, daß es unausführbar und auch zwecklos war. Verstehst du? Sofern es möglich gewesen war, uns von einer Hochzeitsfeier, wo wir zufällig versammelt waren, abzuholen, auf Lastwagen und in Güterwaggons zu laden, uns genauso willkürlich auseinanderzureißen, wie wir uns zusammengefunden hatten, und uns dann wie in der Urgesellschaft dort auf freiem Feld auszusetzen, mußte uns einleuchten, daß der Versuch, diese Willkür zu ignorieren, nutzlos und erst recht ein Akt der Willkür gewesen wäre. So daß der einzige Ausweg für uns darin bestand, ein logisches Bezugssystem innerhalb dieses wenn auch beschränkten Raums zu schaffen, den man uns überlassen hatte, und uns über unsere augenblickliche Lage klarzuwerden. Ich will nicht bestreiten, daß die Leute, die uns dorthin gebracht hatten, ja auch auf diese *Einsicht* in die Situation bauten und daß wir wiederum wußten, einer ihrer wichtigsten Trümpfe war der, daß wir zur Zusammenarbeit bereit waren und auch *einsahen*, nur Vernunft konnte uns retten, und daß wir durch ebendiese *Einsicht* von vornherein auf Widerstand verzichteten. Jetzt, nach den vielen Jahren, kommen auch mir langsam Zweifel, ob wir recht hatten. Selbst ich, der ich doch damals alles miterlebt habe, habe allmählich Schwierigkeiten mit den Nuancen der damaligen Sachlage. Und auch wenn ich dir davon erzähle, merke ich, daß ich mir selber keinen rechten Begriff mehr machen kann und daß ich nur noch längst ausgesprochene und seitdem zur Phrase erstarrte Wahrheiten hersage, die ich aus Gewohnheit nicht mehr in Frage stelle. Hätten wir uns vielleicht, statt jene Ba-

racke zu errichten und uns in die Steinzeit zurückzuver-
setzen, gleich am ersten Tag auf den Weg gemacht und
die erstbesten Leute, die uns über den Weg gelaufen wären, um Hilfe gebeten, hätte man uns gewiß zu essen gegeben, uns geholfen und uns vielleicht sogar eine Zeit-
lang im Keller oder auf dem Boden versteckt, bis sich die
Lage etwas beruhigt hätte. Doch ehrlich gesagt, ich halte
nicht sehr viel von dieser rückblickenden Sicht, sie ist
mir entschieden zu undifferenziert. Die Tatsache, daß
uns in all den Jahren, die wir dort verbracht haben, keine
Menschenseele aus den vermutlich umliegenden Dörfern aufgesucht hat oder begegnet ist, ist sicher kein Be-
weis, daß es diese Dörfer nicht gab, sondern zeigt bloß,
daß wir Luft für sie waren. Und dies nicht etwa deshalb,
weil sie nichts von unserer Existenz ahnten, sondern
weil sie tunlichst vermeiden wollten, sich etwas von
ihren Ahnungen anmerken zu lassen. Nicht nur, daß
man nicht nach uns suchte, nein, man hütete sich sorg-
sam, uns gar nicht erst zu entdecken. Wie wäre sonst zu
erklären, daß auf dem Stückchen Erde, auf dem man uns
zurückgelassen hatte und das vorher bebaut gewesen
war (als wir unser Fachwerkhaus errichteten, verwende-
ten wir noch Stroh von jenem endlosen Stoppelfeld),
keiner mehr nach dem Rechten sah und daß im Frühjahr
kein Eigentümer auftauchte, um zu pflügen und zu
säen? Offenbar wußte alle Welt, daß dieser Boden uns
überlassen worden war, und sofern man davon wußte,
dann wußte man zweifellos auch, daß uns außer dem
Stück Erde nichts weiter zur Verfügung stand. Genauer
gesagt, das Ganze spielte sich so ab, als seien wir von
einem Schiff auf einer verlassenen Insel abgesetzt worden und auf unser eigenes Stehvermögen angewiesen
gewesen, ohne daß sich noch irgendwer die Mühe
machte, uns zu überwachen, und ohne daß man zu befürchten schien, wir könnten irgendwie über den Ozean

rings um uns her entkommen. Wir waren auf einer Insel, mußt du dir klarmachen, damit du begreifst, wie es um uns und um die damalige Lage bestellt war. Der Umstand, daß unsere Insel nicht von Wasser, sondern von Erde umgeben war, änderte nichts an der Sachlage und machte die Isolation keineswegs geringer. Uns blieb also nichts anderes übrig, als sie zu bebauen und sie bewohnbar zu machen, indem wir etwas aus der armseligen Habe zusammenzauberten, die wir in unserem Gepäck mitgebracht hatten und die es über den Schiffbruch hinwegzuretten galt. Daß es dabei nicht um den Schiffbruch eines Seefahrzeugs, sondern um einen Schiffbruch unseres ganzen bisherigen Lebens ging, änderte freilich auch nichts an dem Sachverhalt. Der Vergleich traf äußerst genau zu und wurde sogar eine Art Stütze. Es mag vielleicht lächerlich klingen, aber in all den Jahren hätte ich gern noch einmal den ›Robinson Crusoe‹, an den ich mich fast nicht mehr erinnern konnte, gelesen, um seine Überlebensmethoden mit den unseren zu vergleichen.«

Ich fragte Onkel Emil, warum er nicht Genoveva von Brabant zum Vergleich heranziehe, was doch sowohl unter moralischem Gesichtspunkt als auch im Hinblick auf die äußeren Umstände näher liege, doch er entgegnete, nein, dem wäre nicht so, denn da habe es weder die von Gott gesandte Ziege gegeben noch irgendeinen, dessen Herz sich habe erweichen lassen und der seinen Fehler eingesehen habe, wie auch keinerlei Moral aus der ganzen Geschichte herauszulesen gewesen sei. Aus dem Widersinn der Welt lasse sich keine moralische Lehre ableiten.

Der Bau des richtigen Hauses zog sich über den ganzen Sommer hin und sogar bis in den Herbst hinein. Man mußte sich abwechselnd als Maurer und Landwirt betätigen, und da für manch einen all diese Arbeiten völlig ungewohnt waren, anderen wiederum der Mangel an

Werkzeugen zu schaffen machte, mit denen sie sonst gearbeitet hatten, ging die Sache reichlich schleppend voran. Andererseits waren die Arbeiten im Garten und auf dem Feld so wichtig (jedes verlorengegangene Samenkorn, jede verkümmerte Pflanze verringerte ihre Überlebenschancen für das kommende Jahr), daß der Bau alle Augenblicke unterbrochen werden mußte, weil vordringlichere Angelegenheiten, wie Gießen, Umgraben und die Pflege oder einfach die Beaufsichtigung der winzigen Anpflanzungen, zu erledigen waren. Diesen Teil der Erzählung hörte ich immer mit einer gewissen Ungeduld an, zumal mein Onkel, wenn er die Jahreszeiten schildern wollte und dabei immer wieder auf ein und dasselbe zu sprechen kam, jedesmal vor Begeisterung strahlte, was ich übertrieben und zudem unpassend fand. Und wenn ich ihm so mit halbem Ohr zuhörte, plagten mich dieselbe Scham und Langeweile – Scham deshalb, weil ich mich langweilte und dies nicht unterbinden konnte –, wie ich sie gegen Ende meiner Kindheit kennengelernt hatte, als ich mir Bücher vornahm, die noch nicht für mein Alter bestimmt waren, und als ich dann beim Lesen, nur dem Handlungsfaden folgend, alle Naturbeschreibungen und philosophischen Betrachtungen übersprang. Viel später erst, als ich es selber zu einem Garten gebracht hatte und, wie man so sagt, mein eigenes Stück Land bestellte, wo ich mich in ein ähnliches Inseldasein versetzt fühlte, wie es mein Onkel in etwa geographisch umschrieben hatte, wurden mir das stille Strahlen und die Rührung in seinem Gesicht, wenn er mir etwas über Pflanzen erzählte, verständlicher. Diese Liebe zu allem Grün, die er dort erworben hatte, hat er übrigens, als er nach Jahren zurückkehrte, mit nach Hause gebracht, und sie nahm mit der Zeit die eigentümlichsten Formen an. In seinem Zimmer standen Dutzende von verschiedenen Blumentöpfen, teils an lichten Standorten auf Ständern untergebracht, teils auf dem Fußboden, neben der Balkontür und sogar auf einem eigens vor dem Fenster aufgestellten Tisch, der einem den Durchgang versperrte. Man sah schon auf den ersten Blick, daß er keine Vorliebe für bestimmte Sorten hegte, er züchtete weder Kakteen noch Usambaraveilchen noch Pelargonien. In seinem Zimmer wimmelte es von Töpfen mit den verschiedensten Pflanzen, die einen mit komplizierten exotischen Bezeichnungen, die anderen namenlos oder beinahe Unkraut, schlichte, zarte Blättchen ohne den geringsten Ansatz von Blüten, kraftlose, fast durchscheinende Stengel, denen einzig gemeinsam war, daß sie lebten. Denn meines Onkels Vorliebe und Sympathie galten nicht etwa den Gesündesten und den Kraftstrotzenden, sondern im Gegenteil den Kränkelnden und Kümmerlichen, denen mit geknicktem Stengel, deren gebrechlicher Leib mit Nähgarn umwikkelt war und von eigenartigen Stöckchen gestützt wurde. So wie andere Leute Katzen und kranke Hunde von der Straße auflesen, sammelte er Pflanzen, die er, selber kaum genesen, mit einer beeindruckenden Hingabe umhegte. Denn seit seiner Heimkehr war Onkel Emil nichts anderes mehr als ein auf dem Wege der Genesung befindlicher Patient, einer, der den festen Willen zur Heilung hat, ja beinah schon geheilt ist und doch nie mehr vergessen kann, daß er einmal krank gewesen, der nicht mehr davon ablassen kann, sich jede Phase dieser schicksalhaften Krankheit vor Augen zu halten. Sein restliches Leben bestand nur noch in dem liebenswerten und gutwilligen, aber wenig nachdrücklichen Versuch, sich der Gesellschaft anzupassen, besser gesagt, eine solche Anpassung vorzutäuschen, was er nur uns zuliebe tat, die wir ihm doch helfen wollten, die Spuren jenes Jahrzehnts so schnell wie möglich aus seinem Gedächtnis zu löschen. Er wußte jedoch, daß er auch ohne die

Gesellschaft und die zivilisierte Welt auszukommen vermochte – mit seinem Überleben hatte er es ja bewiesen – und daß er auf sich allein gestellt sogar besser zurechtgekommen wäre. Denn je weiter sich mit der Zeit das beinah zauberische Jahrzehnt der Deportation in der Vergangenheit verlor, um so mehr Glanz bekam es und um so schöner und wertvoller wurde in Onkel Emils Augen alles schmückende Beiwerk. Wenn man seinen ständig wiederkehrenden und immer ausgefeilteren Berichten aufmerksam lauschte, mußte man zu dem Schluß kommen, die Zeit auf jener Insel inmitten eines ländlichen Ozeans sei der glücklichste Abschnitt seines Lebens gewesen, glücklicher und reizvoller als die schwer durchschaubare und wenig befriedigende trübe Gegenwart, ja sogar als die vergessenen Jahre davor, die sich in der besonnten Jugendzeit verloren und die, gemessen am irgendwie doch gewichtigeren Leid, von meinem Onkel als sorglos, ja als uninteressant abgetan wurden. Mit den Jahren wurde für Onkel Emil jenes Jahrzehnt einer fundamentalen Erfahrung – fundamental weniger in historischer Hinsicht als vielmehr in bezug auf die Weltordnung – immer mehr zum einzig interessanten und bedeutsamen Kapitel in seinem Leben. Denn was er wirklich auf seiner Insel entdeckt hatte und was er nie wieder vergessen konnte, war, daß die kosmischen Naturgesetze mehr wogen als die armseligen, jeweils in Eile zusammengestoppelten und ewig lächerlichen, zweifelhaften Regeln der Geschichte.

Am Ende des ersten Herbstes, nachdem sie ein Jahr dort zugebracht hatten, sah die Bilanz also folgendermaßen aus: Ihre Vorräte an Saatgut hatten sich erstaunlich vermehrt, und somit besaßen sie jetzt einen ganzen Sack Maiskörner, ein Säckchen Weizen, mehrere Körbe voll Bohnen, ganze Bündel von Zwiebeln und Knoblauch sowie einige imposante Haufen Kartoffeln. Natürlich wurde der größte Teil dieser unschätzbaren Reichtümer auf der Samenbank hinterlegt, so daß sie schon im nächsten Jahr Flächen anbauen konnten, deren Erträge ihnen bei rationeller Ernährung beinahe zum Leben reichten. Doch selbst in diesem ersten Jahr wagten sie, immerhin sehr sparsam und nahezu ehrfürchtig, ein paar Kilo Kartoffeln, ein paar Knollen Knoblauch und Zwiebeln zu verbrauchen. Unangetastet geblieben wie die magischen Objekte einer versunkenen Welt waren von ihrem extravaganten Gepäck noch ein halbes Glas Honig, der längst zu Zucker kristallisiert war und steinhart am Glas klebte, sowie zwei Flaschen Pflaumenschnaps, den man schweren Herzens für eventuelle medizinische Zwecke aufgehoben hatte. Im Sommer ernährten sie sich vor allem von Grünzeug, das sie in weitem Umkreis sammelten (Tante Salomies Kenntnisse auf dem Gebiet der eßbaren Wurzeln und Gräser waren unerschöpflich), von Vogeleiern, die sie aus den Nestern holten (immer darauf bedacht, daß noch genug zur Vermehrung übrigblieben), und natürlich von Wild, das sie in den meisterhaften Fallen des Brautführers fingen. Sie hatten sich so daran gewöhnt, wenig zu essen und trotzdem widerstandsfähig und gesund zu bleiben, ja, in mancher Hinsicht waren sie gesünder als je zuvor, daß die Regeln des zivilisierten Lebens automatisch fragwürdig werden mußten. Bei dem ständigen Nahrungsmangel im ersten Jahr bildete die Pilzschwemme, die nach jedem Regen mit Macht einsetzte, den Gipfel des Wohlstands. Der wurde übrigens klug rationiert, so daß die wenn auch ziemlich kleinen Portionen Trockenpilze, die den unter Tante Salomies Anleitung gekochten absonderlichen Gerichten Geschmack und Konsistenz verliehen, fast bis zum Frühjahr reichten. Eine andere Schwemme, die sich allerdings nicht in Rationen verarbeiten ließ, war eine Invasion von Schnecken, die ihnen eine gute Woche lang Nahrung bot, bis sie schließlich einen derartigen Widerwillen dagegen bekamen, daß sie sich im Winter zu Zeiten der ärgsten Hungersnot bloß ihren Ekel vor den ungesalzenen Schnecken in Erinnerung rufen mußten, um so ihr Hungergefühl zu lindern, das immerhin noch leichter zu ertragen war. Als sie in späteren Jahren den Salzwassersee entdeckten und Salz gewinnen lernten, indem sie das Wasser in Gefäßen aufstellten und nach deren Austrocknen die übriggebliebenen Kristalle vom Boden auflasen, sehnten sie geradezu eine neuerliche Schneckeninvasion herbei, die sich jedoch nie wieder einstellte. Was das Essen betraf, so machte ihnen weniger die karge und ausgefallene Kost zu schaffen als vielmehr der Umstand, daß man von Frühjahrsanfang bis tief in den Herbst hinein nur selten etwas Gegartes zu sich nehmen durfte; da sich schon für die kommenden Winter unschwer ein Mangel an Brennholz voraussehen ließ, gingen sie so ausnehmend geizig damit um, daß schließlich nur noch auf Abstimmung Feuer gemacht wurde, und zwar nur dann, wenn die absolute Mehrheit *dafür* stimmte, und das blieb dann jahrelang so, bis zum Ende ihres ungewöhnlichen Abenteuers. So kam es, daß sie sich paradoxerweise im Winter, da sie ohnehin Feuer machen mußten, um zu heizen, trotz größerer Knappheit besser verpflegen konnten als im Sommer, wenn sie sich heldenhaft mit der gewöhnlichsten Rohkost bescheiden mußten.

Dieser Mangel an Brennholz übrigens, der sich in den folgenden Jahren noch verstärken sollte (die paar hundert Akazien in dem Wäldchen konnten ihnen unmöglich zugleich als Baustoff wie als Brennmaterial zum Kochen und Heizen dienen, und wieviel Schößlinge sie auch gleich im ersten Frühjahr ausgepflanzt hätten, konnten diese doch nicht schnell genug heranwachsen, um ihren Bedarf zu decken), führte denn auch zum Entwurf einer Behausung, die unter normalen Bedingungen so absonderlich gewesen wäre, wie sie unter diesen außerordentlichen Erfordernissen logisch war. Zuerst wurde ein fensterloser Raum gebaut, mit einem Herd in der Mitte und einem Abzug darüber, wo rundherum genügend Platz für die strahlenförmig angeordneten Betten blieb, deren dem Feuer zugewandte Enden tagsüber als Arbeitstisch und Sitzbank dienten. Das war das *Winterzimmer*. Ringsherum wurden vier weitere Räume angebaut, die miteinander verbunden waren und eine Art Karree bildeten – nach außen hatte das Haus ganz und gar die Form eines zusammengesetzten Quaders, der sowohl gegen Frost schützte als auch die schwer erkämpfte Wärme möglichst lange zu halten vermochte. Dies waren die *Sommerzimmer*, deren Fenster im Winter mit Holzläden verschlossen wurden und die während der warmen Jahreszeit als separate Aufenthaltsräume dienten. Dann holte man sich die Betten aus dem Winterzimmer herüber und verwandelte selbiges in eine Art Kühlkammer, wobei der Schornstein zur Lüftung diente und die umliegenden Räume, die sonst gegen Kälte geschützt hatten, nunmehr die Hitze abhalten sollten. Die Außenwände wurden aus jungen Reisern zusammengeflochten und mit Lehm beworfen, den man ein paar Kilometer weiter weg gefunden und in Körben herangeschafft hatte. Die Innenwände waren aus großen Lehmbatzen gemacht, die man mit aufgelesenen Strohresten vermischt, in große Formen gegossen und an der Sonne hatte trocknen lassen, bis sie hart waren wie Stein. Das auf starken Querbalken ruhende Dach, die ihrerseits von Akazienstämmen getragen wurden, machte die größten Schwierigkeiten; Schwierigkeiten, die praktisch bis zuallerletzt unbewältigt blieben. Alles, was ihnen dazu einfiel, war, daß sie quer zu den Balken ineinandergehakte Astgabeln auflegten und große Heubündel darüberschütteten, denen sie eine Neigung zu geben versuchten, damit das Regenwasser abliefe. Was bei kleineren Regengüssen gewiß der Fall war, nicht aber bei starkem Unwetter oder bei Wolkenbrüchen, wenn ihr vertracktes Dach nur noch ein armseliges Sieb war, dessen Löcher sie mühsam mit den absonderlichsten Gegenständen zustopften. (Als ich viele Jahre nach Onkel Emils Heimkehr in den Bärägan fuhr und das extravagante Bauwerk noch vorfand, von dem ich so viel erzählen gehört hatte, war das Dach völlig verschwunden, während sich die Wände und Räume erstaunlich gut gehalten hatten. Sie erinnerten an ein stark vereinfachtes, auf symbolhafte Linien zurückgeführtes Bühnenbild, besonders das Winterzimmer mit den Betten rund um den längst erloschenen Herd. Zu dem Zeitpunkt waren übrigens die aus den paar im Gepäck befindlichen kümmerlichen Samen herangezogenen Bäume so groß geworden, daß das Haus inmitten eines idyllischen Obstgartens stand und dadurch wie eine exotische Oase in der Wüste oder wie eine blühende Ranch inmitten einer Filmprärie wirkte.)

Merkwürdig, als der Hausbau abgeschlossen und die erste Ernte eingebracht war, begann die Zeit auf einmal – wie von drückender Ungewißheit befreit – schneller zu laufen, oder vielleicht verhielt es sich nur aus der Sicht meines Onkels so. Den späteren Vorgängen haftete, selbst wenn einige davon bedeutsamer waren als die bisher geschilderten, dann nichts mehr von jener umständlichen Gemächlichkeit an, mit der sonst jedes Beginnen bis ins kleinste festgehalten worden war, weil sie sich nicht mehr auf dem Grat zwischen Leben und Tod abspielten, wo die kleinste Einzelheit oder der geringste Fehler noch alles entscheiden konnte. Die Geschehnisse nach diesem ersten entscheidenden Jahr waren, auch wenn sie aufregend oder gar sensationell anmuteten, lediglich Bestandteil eines Lebens, das sich klug eine Bahn gegraben hatte, in der es möglichst glatt dahinzufließen versuchte. Im Gegensatz zur ersten Etappe ihres Einsiedlerdaseins gab sich in dieser zweiten Phase keiner mehr Erinnerungen an sein vorheriges Leben hin oder machte sich Gedanken um die Außenwelt.

»Wir lebten und taten, wir träumten und dachten, als wären wir dort geboren und als hätten wir nie etwas anderes als die handgreifliche und brennende Sorge ums Überleben kennengelernt. Dadurch war unser Geist ständig in Alarmbereitschaft, und die Lösung unserer Probleme, das tagtägliche Leben bekamen einen ganz wesentlichen und beinah erhabenen Anstrich. Es war, als vollführte man, unter derartigen Umständen lebend, ein Ritual, dessen Sinngehalt jedoch über den bloßen Vollzug hinausging. So unglaublich es klingen mag, wir dachten weder an unser früheres Leben zurück noch gar an unsere eigenen Leidensgenossen, die wie auch wir aus ihrer Bahn gerissen worden waren und die wir unterwegs aus den Augen verloren hatten, als sie wohl ähnlich wie wir auf einem anderen Stück Ödland abgesetzt worden waren, wo sie mit Sicherheit ebenfalls eine Insel bildeten. Wenn Culai nicht gewesen wäre, hätten wir jene Schicksalsgefährten im Überleben wohl gänzlich vergessen, so wie wir auch unsere Verwandten und Freunde, die in der anderen Welt zurückgeblieben waren, vergessen hatten. Doch Culai wußte uns daran zu hindern, und dieser sein herzzerreißender Eigensinn in Gefühlsdingen, die in eine ganz andere Welt gehörten, blieb das einzige komplizierte und ungewisse Element in diesem Dasein, das sonst keinerlei Stimmungen duldete, als wären sie unnütz und gefährlich. Übrigens waren wir schon seit jenem ersten harten Winter von Culai gewohnt, daß er für ein, zwei oder gar drei Tage verschwand und, wie wir wußten, die Umgebung absuchte. Er war überzeugt, daß sich seine Familie irgendwo in diesem selben, also erforschbaren Landstrich befinden mußte. Stets kam er mit irgendeiner Entdeckung zurück – ihm hatten wir zu verdanken, daß er Lehm für den Hausbau aufgetan und zehn Kilometer weiter westlich auf die Stelle mit dem Salzwasser gestoßen war, ja, daß er sogar einen Wald ausfindig gemacht hatte, der zwar zu weit entfernt war, als daß wir Brennholz von dort hätten holen können, zu dem wir jedoch gegen Ende des Sommers ausgedehnte Ausflüge unternahmen, um Pilze zu sammeln, die wir für den Winter trockneten. Doch von Mal zu Mal kehrte er niedergeschlagener heim. Freudlos teilte er uns seine Entdeckungen mit, so als wären wir, die Nutznießer, schuld daran, daß er ausschließlich Dinge aufspürte, die nur uns etwas nützten. Gegen Mitte des Frühjahrs schien er gar allen Mut verloren zu haben und ließ von seinen verzweifelten Erkundungstouren ab. Der Hausbau freilich fand unter seiner unumstrittenen Anleitung statt: er legte eine nahezu erschreckende Tatkraft an den Tag, und es war offenkundig auch nicht das erste Haus, das er baute. Das einzige Anzeichen seiner ungestillten Wehmut war sein eigentümliches, beinah verwirrendes Blaskonzert auf Blättern. Wenn wir nach Tagen viehischer Anstrengung todmüde in einen bleiernen Schlummer sanken, jagten uns in so mancher Nacht seine beinah unmenschlichen Weisen hoch, jenes schmerzliche Fiepen, das nicht nur von seelischem Weh kündete, sondern von einem leiblichen Schmerz bis in die Eingeweide und in jede einzelne Körperzelle hinein, die sich unsagbar nach eines anderen Zellen sehnte. Er litt in einem nahezu unbegreiflichen Maße an Schlaflosigkeit, das weit über die natürliche Widerstandsfähigkeit des menschlichen Organismus hinausging. Ich muß beschämt und zerknirscht eingestehen, obwohl wir ihn nach herkömmlicher, noch aus unserem früheren Leben übernommener Sitte bedauerten, staute sich in uns allen eine Aversion an wider sein unaufhörliches Leiden, wider sein Gebaren, das uns nicht vergessen ließ und das an unseren angegriffenen Kräften zehrte. Ich bin sicher, er spürte unser Unverständnis und unsere Ablehnung. Nachdem das Haus fertig und die Ernte eingebracht war, verschwand er eines Nachts für immer. Er hatte uns nichts davon gesagt, so wie er uns nie Bescheid gesagt hatte, wenn er für ein oder zwei Tage verschwand, so daß wir anfangs noch auf ihn warteten, in der Überzeugung, er würde wieder auftauchen, aber nach ein paar Wochen und Monaten war uns dann klar, daß er nicht mehr zurückkommen würde. Er war gewiß auf einer anderen Insel, ähnlich der unsrigen, heimisch geworden, oder vielleicht hatte er menschliche Siedlungen erreicht und war von den Behörden aufgegriffen worden, vielleicht auch war er schlicht und einfach unterwegs umgekommen, vom Hunger oder von wilden Tieren dahingerafft, die ab Wintereinbruch ihr Unwesen trieben. Sein Bett, das nun frei war, wurde zunächst als eine Art Ablage benutzt, darauf, als die Braut abermals niederkam, wurde es zum Hauptquartier des ersten Ureinwohners der Insel, und in späteren Jahren, nachdem unsere Victoria zur Welt gekommen war, teilten es sich die beiden Kinder brüderlich, indem sie bis zum endgültigen Abschluß unseres Abenteuers jeder an einem Ende schliefen.«

Doch abgesehen von den Geburten und – lange danach, im letzten Jahr ihres dortigen Aufenthalts – Tante Salomies Tod, trugen sich an außergewöhnlichen Vorfällen noch folgende auf der Insel zu:

– der Fang einer tragenden Häsin in einer der genial angelegten Fallen des Brautführers, worauf eigens ein mit Zweigen abgedecktes Gehege gebaut wurde, ein großer Käfig von mehreren Quadratmetern, in dem sie ein paar Tage darauf acht gescheckte Junge warf, die Urväter einer endlosen Dynastie, einer unverhofften Hasenzucht, welche zu jeder Jahreszeit und während ihres gesamten Aufenthalts dort für Fleisch sorgte;

– die Erbeutung eines Schwarms wilder Bienen, eine Heldentat ebendes Brautführers, und dann die Anfertigung eines großartigen Bienenstocks, der noch Jahre danach von seinem eigenen Hersteller, dem gründlichen Berichterstatter, meinem Onkel, als das bedeutendste und gelungenste Werk seines Lebens betrachtet werden sollte;

– das Auftauchen einer unglaublich mageren Katze – eines jämmerlichen Exemplars von einem Kätzchen, vor Monaten sonstwo in der endlosen Niederung geworfen und mittlerweile ein ausgewachsenes Tier –, die mit steil aufgestelltem Schwanz und hungrig brennenden Blicks wer weiß woher angefegt kam, nachdem ihr irgendwann und irgendwo der Instinkt eingeflüstert hatte, daß sich irgendwelche Lebewesen in der Nähe befänden, denen sie sich anschließen könnte. Sie wurde mit offenen Armen empfangen, und jedermann schloß sie auf der Stelle ins Herz, da sie sich, noch ehe sie auch nur einen Happen zu fressen bekommen hatte, gleich äußerst anhänglich zeigte und sich – nach Onkel Emils Worten – »wie ein Mitglied der Familie« benahm, und in den kalten Winternächten wurde in einer regelrechten Zeremonie um sie gelost: wer gewann, durfte sie mit ins Bett nehmen und kam somit in den Genuß einer zusätzlichen Wärmequelle. War einer krank, wurde ihm selbstverständlich außer Tante Salomies hilfreichen Kräutern auch die Katze verordnet, auf deren Gesellschaft er dann bis zur völligen Genesung ein Anrecht hatte. Doch das änderte sich, als die Kinder kamen, die die alleinigen Nutznießer der Katze wurden, bis diese an Altersschwäche einging und unter Tränen und Blumenspenden in einer gewissen Entfernung vom Grab des Amerikaners, doch noch innerhalb der ungefähren Grenzen des künftigen Friedhofs beigesetzt wurde.

Von allen ungewöhnlichen Ereignissen, die sich in jenen ungewöhnlichen Jahren zutrugen, war das außergewöhnlichste, daß im zweiten Herbst ihres dortigen Aufenthalts Viehherden vorbeizogen.

»Eines Morgens wachten wir schlicht und einfach unter Schafen auf. Nicht etwa im übertragenen, sondern im wahrsten Sinn des Wortes. Es dämmerte gerade erst, wir schliefen alle noch, und ich träumte von Glockengeläut. Ich kann mich genau erinnern, daß ich von Glocken träumte, nicht nur weil ich beim Aufwachen merkte, daß es Herdenglockenn waren, die um mich herum erklangen, sondern weil ich in den ersten Jahren unseres Aufenthalts dort überhaupt häufig von Geräuschen aus der alten Welt träumte. Ich weiß nicht, ob du schon jemals von Klängen geträumt hast, und wenn nicht, wirst du wohl kaum verstehen können, was für ein eigentümliches Gefühl solch ein Traum auslöst. Ich träumte weder von Ereignissen noch von Bildern oder Personen aus meinem Leben vor der Deportation, mehr noch, mir kam dieses Leben – so unglaublich das erscheinen mag – nie mehr in den Sinn. Es war für mich in dem Moment abgetan, als ich begriffen hatte, daß wir nur so überhaupt weiterleben konnten. Geblieben aber waren die Töne. Es war wie nach einer Operation, als hätte man mir, sagen wir, einen Tumor entfernt, aber so, als seien durch Nachlässigkeit etliche Zellen zurückgeblieben, die mich zwar nicht allzusehr störten, mit denen jedoch, wie ich wußte, jederzeit alles wieder von vorn beginnen konnte. Es waren Töne, die keinesfalls aus unserem damaligen Reich stammen konnten: das Quietschen von Bremsen, Hupgeräusche, das Stampfen von

Lokomotiven, Glockengeläut, Detonationen und Melodien. Ganz am Anfang, als ich mir noch eingebildet hatte, man überwache uns und statte uns gar von Zeit zu Zeit einen Besuch ab, war ich noch heftig aus dem Schlaf geschreckt, in der festen Annahme, wirklich Geräusche gehört zu haben, worauf ich nach deren Quelle forschte und nur schwer wieder zur Ruhe kam, weil mir lange Zeit nicht in den Kopf wollte, daß nichts dergleichen zu finden war. Später dagegen gewöhnte ich mich an den Gedanken, von dem ich nicht einmal im Schlaf loskam, daß sie, diese Töne, samt und sonders aus unserer Wirklichkeit verbannt waren, daß sie *nirgends* herkamen, sondern bloß einem Traum entsprangen, den ich also, wenn ich sie hören wollte, nur hinauszuzögern brauchte. Was ich denn auf eine beinah perverse, unvorstellbar entwürdigende Weise auch tat. Ganze Stunden nach dem Aufwachen noch trug ich aufgewühlt und gedemütigt an der lustvollen Erinnerung, die das Echo einer Zivilisation in mir ausgelöst hatte, ohne die ich doch nachweislich auskommen konnte und der ich nicht nachtrauern wollte. An jenem Morgen also träumte ich von Glockengeläut, und da ich ja wußte, daß es nicht zum Wachzustand gehören konnte, überließ ich mich den Klangwellen in sündigem Rausch, bis auf einmal etwas Feuchtes und Warmes mein Gesicht streifte und mich zwang, die Augen aufzuschlagen. Wir schliefen noch in den *Sommerzimmern*, und vor den schiefen Fensterluken waren noch keine Holzläden eingehängt, so daß das Schummerlicht der frühen Morgenstunde hereindrang und mir einen unglaublichen Anblick bescherte. Unser beider Betten, Turicas und meins, waren dicht umdrängt von Dutzenden gelbäugiger Schafe, deren feuchten Schnauzen etwas Unanständiges anhaftete, wie sie so nackt aus dem Zottelfell stachen, das vom übrigen Körper nichts weiter sehen ließ. Während ich noch zu mir kam, schoben sich immer mehr Schafe ins Zimmer, und durch die nun halboffenen Verbindungstüren waren auch in den anderen Zimmern welche zu sehen, die Glocken aber, die beileibe nicht verstummen wollten, als ich aufwachte, läuteten immer stärker und einschmeichelnder. Ich glaube, ich brauchte eine ganze Minute, bis ich richtig wach war und begriff, daß es sich um Herdenglocken handelte und daß die Schafe echt waren. Hastig stand ich auf, wie auch meine Gefährten in den Nebenzimmern nicht minder verblüfft aus dem Bett sprangen – und offensichtlich führte uns erst die jeweilige Reaktion der anderen gegenseitig vor Augen, daß es sich nicht um einen vereinzelten Traum handelte –, dann traten wir hinaus. Wie vermutet, war unser Haus von Herden umgeben, freilich von viel mehr Herden, als erwartet, die sich gemächlich weidend über die Flur bewegten, wobei sie grüppchenweise mal in diese, mal in jene Richtung drängten, je nach den Launen einiger stattlicher Schafböcke oder der eher administrativen Ordnungsgewalt verschiedener Maulesel, die mit Quersäcken und Arbeitsgerät bepackt waren. Die Hirten hatten sich am Brunnen wie an einem altbekannten Haltepunkt postiert und machten sich daran, die Schafe zu tränken, wobei sie verärgert und sogar irgendwie feindselig zu unserem Haus herüberschauten, das wohl nicht dort hingehörte, doch sie rührten keinen Finger, um die Schafe vom Haus fernzuhalten. Und dennoch, das machte die Sache noch kurioser, schienen sie sich nicht über unsere Anwesenheit zu wundern, so als hätten sie damit gerechnet, uns dort vorzufinden, nur nicht ganz so gediegen eingerichtet. Wir gingen auf sie zu und sagten guten Tag, sie aber grüßten flüchtig zurück (sie schubsten die Schafe gerade der Reihe nach an eine Art Tränke, die sie mitgebracht hatten) und taten dabei, als seien wir es, die hinzugekommen waren, und als sei es demnach normal, daß wir sie zuerst grüßten und auf ihre Erwiderung zu warten hatten. Wie auch immer, sie wirkten weder verlegen noch allzu gesprächig, sondern vielmehr reserviert und sogar abschätzig, da sie uns derart ignorierten und sich offenbar zu keinem Wort der Rechtfertigung genötigt sahen. Wir trieben mit Müh und Not die Schafe aus dem Haus, die anscheinend den Verstand verloren hatten und immer wieder zurück wollten, wobei sie drängelnd und übereinanderkletternd an die Wände stießen und diese gar zu beschädigen drohten. Mühsam bugsierten wir sie mit Schreien und Knüffen hinaus, derweil die Hirten weiter Wasser aus dem Brunnen schöpften, ohne uns eines Blickes zu würdigen. Da habe ich mich zum erstenmal gefragt, wieso sie gekommen waren, und bis heute habe ich keine Antwort darauf gefunden. Gewiß, einmal angenommen, sie wären eigens hingeschickt worden, dann hätte ich keinen Grund zur Verwunderung gehabt, doch, seltsam vielleicht, es fiel mir schwer, dergleichen in Erwägung zu ziehen, nicht weil es grundsätzlich ausgeschlossen gewesen wäre, sondern weil mich nichts am Verhalten der Hirten – so sehr es mich auch verstimmte – in dieser Vermutung bestärkte. Und dennoch, wenn man diesen Verdacht einmal ausschloß, wirkte ihr plötzliches Auftauchen genauso phantastisch und unerklärlich wie jedes andere übernatürliche Phänomen. Als ich sah, wie Herden und Schäfer von unserer Insel im Festland Besitz ergriffen, war ich nicht minder verblüfft, als wenn ich eine richtig von Meerwasser umgebene Insel von Schafen überrannt gesehen hätte, denn daß sie jenen Landstrich durchquert haben sollten, den seit zwei Jahren außer uns keines Menschen Fuß berührt hatte, erschien mir genauso wenig wahrscheinlich, als wenn ich die Schafe im Wasser heranschwimmen gesehen hätte, auf Wellen, die sie jeden Moment verschlucken konnten.«

Daß die Hirten so wortkarg und zurückhaltend waren, mußte offensichtlich etwas damit zu tun haben, daß sie nicht so ohne weiteres hierhergelangt waren. Und genauso offenkundig wollte das Eis auch nicht von selber brechen. Onkel Emil, Tante Salomie, der Brautführer und sogar Vater Partenie versuchten mit den Schäfern ins Gespräch zu kommen, konnten jedoch lediglich in Erfahrung bringen, daß dies der Weg sei, den sie seit Urgroßvaters Zeiten benutzten, wenn sie zum Überwintern in die Dobrudscha kamen. Weshalb sie ihn nicht auch in den letzten zwei Jahren benutzt hatten, wurde nicht ganz klar, und überhaupt konnte man nicht recht warm werden mit diesen Gebirglern, ja, selbst als man ihnen berichtete, wie sie, die Deportierten, hierhergebracht worden seien – ein Bericht, den sich die Hirten gleichfalls ohne das geringste Anzeichen von Überraschung oder Rührung anhörten, derweil sie ihre Schafe tränkten und molken –, rückten sie nicht von ihrer merkwürdig abweisenden und feindseligen Haltung ab. Sie taten fast so, als erhöben sie Anklage, daß ein Ort, der ihnen rechtmäßig zukam, von anderen besetzt worden sei, aber das war gewiß nur eine Vermutung meines Onkels und seiner Insulaner; es konnte genausogut ein gewitzter Kniff der Hirten dahinterstecken, die ihre Maulfaulheit nur wie einen Schild zum Schutz ihrer eigenen Geheimnisse benutzten, wie um sich nicht in eine Politik zu mischen, vor der sie selber Angst hatten und vor der sie sich, reichlich erfolglos, in ihre tausendjährigen Gepflogenheiten retteten. Zu dieser möglicherweise zutreffenden Schlußfolgerung bin ich erst viel später gekommen, als es mir einmal vergönnt war, in ihren hinter den sanften Höhenzügen zwischen Siebenbürgen und Oltenien verschanzten Dörfern zu leben, und als ich Gelegenheit hatte, an ihnen diese merkwürdigen, im Feuer jahrhundertelanger Verfolgung gestählten seelischen Mechanismen zu studieren. Da begriff ich, daß sie sich gerade dank dieser ungewöhnlichen Fähigkeit hatten behaupten können, sich im Innersten zu verschließen, keinen Gedanken und kein Gefühl preiszugeben, ja selbige überhaupt nur insofern aufkommen zu lassen, als sie von irgendeinem praktischen Nutzen waren, den man der übrigen, ihrem Wesen nach feindlichen Welt abringen konnte. Damals jedoch, beim Erzählen, erschienen sie mir wie rätselhafte Gestalten, die auf jeden Fall einem anderen Reich als dem menschlichen angehören mußten. Übrigens neigte auch Onkel Emil zu dieser Annahme, in seinen Augen blieben sie so undurchschaubar, daß er sich versucht fühlte, die Sache noch zu komplizieren, indem er ihnen irgendwelche dunklen Absichten und Beweggründe unterstellte. Eine dieser Vermutungen, die er sich in den Kopf gesetzt hatte, obgleich sie von keinem logischen Argument gestützt wurde, war die, daß man die Herden und ihre Hirten zur unauffälligen Überwachung, gegebenenfalls auch zur Hilfeleistung dorthin geschickt hatte, damit seine Leute zu irgendeinem unerforschlichen Zweck am Leben blieben. Immerhin gab es da zwei unbestreitbare Fakten: die zwei Schafe und der Hammel, die ihnen die Hirten für die zum Tausch angebotenen vier Trauringe (zwei vom Brautpaar und zwei von meinen Verwandten) verkauften, sowie die Schürze voll Tomaten, Paprika, Gurken und Auberginen, die sie Tante Salomie überraschend aus ihren Vorräten abließen, nachdem alle anderen schon entmutigt jeden Versuch aufgegeben hatten, ein Gespräch anzuknüpfen. Jedenfalls, als die Hirten wieder weg waren – sie zogen ein paar Tage später genauso davon, wie sie gekommen waren, verschwanden eines Morgens unangekündigt und ohne Abschiedsgruß unter dem traurigen Herdengeläut, das Onkel Emils Träume erneut mit einem wehmütigen und aufrüttelnden

Schwall von Glockenklängen überschwemmte –, sah sich die auf der öden Insel hausende Phalanstère* mit beträchtlichen Gütern gesegnet: zu ihrer Hasenzucht war nun auch eine Schafzucht gekommen, die ihnen in der Folgezeit Milchprodukte liefern sollte, an denen sie bislang großen Mangel gelitten hatten (und ohne die es überhaupt undenkbar gewesen wäre, jene beiden Kinder großzuziehen, die später noch zur Welt kommen sollten), die Samen der langentbehrten Gemüse aber sollten ihren Garten geradezu wunderbar bereichern. Das plötzliche Auftauchen und Verschwinden der merkwürdigen Hirten wurde jahrelang allgemein, auch wenn es keiner von ihnen zugab, als ein göttlicher Eingriff betrachtet, der um so aufsehenerregender war, als dies in den elf Jahren, die sie dort zubrachten, sozusagen die einzige Einmischung in die inneren Angelegenheiten ihres Überlebens war.

Eine zweite erfolgte gegen Ende der ganzen Geschichte.

»Ich habe mich oft gefragt, ob in dem für meine damaligen Begriffe ungemein eleganten Kleinbus, der uns in die Welt zurückholte, aus der man uns fortgezerrt hatte, in die wir nie mehr zurückkehren zu können glaubten und die wir uns längst aus dem Herzen gerissen hatten, vielleicht auch einer saß, der uns von früher kannte, ob vielleicht einer von denen dabei war, die uns dorthin verschleppt hatten. Und wenn ja, wie mochten wir wohl in seinen Augen aussehen? Gewiß, elf Jahre älter, aber das meine ich nicht. Unsere Gesichter waren von Sonnenglut und Frost gegerbt. Besonders die der Frauen. Unsere langen, wild wuchernden Bärte waren von grauen Fäden durchzogen. Von den Kleidern, die wir angehabt und die wir noch im Gepäck gefunden hatten,

* Arbeitsgenossenschaft im Gesellschaftssystem der französischen utopischen Sozialisten

waren bloß lächerliche Fetzen übriggeblieben, die wir stellenweise mit Fellstücken zusammengeflickt und in der Taille mit Streifen junger Baumrinde zusammengeschnürt hatten. Natürlich waren wir barfuß, denn es war schon recht hoher Frühling, und Schuhe (eine Art Pantinen, mühsam aus dem Holz der Akazien geschnitzt, die uns in karger Auswahl zur Verfügung standen) trugen wir nur, wenn uns die Kälte tatsächlich dazu zwang. Zahlenmäßig hatten wir uns nur um einen verringert, sagen wir mal, es fehlte Culai. An die Stelle des alten Ricanu, der im ersten Winter gestorben war, und Tante Salomies, die im letzten das Zeitliche gesegnet hatte (beigesetzt in ihren erstaunlich gut erhaltenen Kleidern und von allen mit aufrichtigem Schmerz und in Dankbarkeit beweint), waren die zwei Kinder getreten, für die jene andere Welt nicht nur irreal war, sondern überhaupt nie existiert hatte, weshalb die beiden, als der auftauchende Kleinbus immer schneller und lauter über die Ebene heranratterte, aufschrien, sich in heller Aufregung hinter die blühenden Bäume flüchteten und wie von den Greueln der Apokalypse gepeinigt weiterbrüllten.

Es war ein lichter Tag Ende April, und in dem Jahr war es früher als sonst Frühling geworden. Die ausladenden Kronen der freilich noch zierlichen Apfel- und Pflaumenbäume sahen wie weiß überschäumt aus, und die Zwiebel- und Knoblauchbeete wie auch das Feld mit der jungen Weizensaat hoben sich in lebhaftem, beinah grellem Grün von dem fetten, tierhaften Schwarz der Erde ab. Ich erinnere mich, daß ich mich in dem Moment, als wir, die Ansässigen, den Neuankömmlingen einige Sekunden Auge in Auge gegenüberstanden, umdrehte und das von duftig weiß blühendem Geäst umgebene Haus zwischen den grün schraffierten Beeten, die Schafpferche und Kaninchengehege und, weiter weg, die schwarzen und grünen, frisch umgegrabenen und fett in der Sonne glänzenden Felder anschaute und darüber nachsann, welchen Eindruck unsere Wirtschaft und unsere Selbstbehauptung wohl auf diese Leute machte. Und da fragte ich mich zum erstenmal, ob unter ihnen auch welche waren, die uns schon hergebracht hatten. Genaugenommen wäre es mir ganz recht gewesen, und ich hätte es gern gesehen, wenn sie beeindruckt gewesen wären.«

Ich glaube nicht, daß Onkel Emil jemals herausbekommen hat, ob die, die ihnen die Mitteilung überbrachten, sie hätten freien Abzug und könnten heimkehren, auch dieselben waren, die sie dorthin gebracht hatten. Und nicht einmal, ob ihr sensationeller Sieg, ihre gesamte Wirtschaft mit allem Drum und Dran, Nachvollzug der Zivilisation und Kurzfassung der irdischen Menschheitsentwicklung, jene in irgendeiner Weise – ob angenehm oder unangenehm – beeindruckt hatte. Fest steht nur, daß man sich minutenlang gegenseitig gemustert hatte, wobei sich weder die eine noch die andere Seite irgendwie überrascht oder berührt zeigte, indes die Kinder, die einzig Ehrlichen, brüllend davonstoben, und daß die Neuankömmlinge daraufhin feierlich verkündet hatten, das Verbot, dieses Gebiet zu verlassen, sei aufgehoben und in zwei Tagen werde ein Lastwagen eintreffen, der die Verschleppten in ihre Heimat zurückbringen solle; ohne eine Reaktion abzuwarten, die sich ohnehin nicht so rasch einstellen wollte (die Anwesenden waren alle zu Salzsäulen erstarrt und wagten mit keinem Muskel, keinem Augenlid vor Verzweiflung oder Freude zu zucken), stiegen sie dann in ihren Wagen und fuhren ab. Es waren vier Personen, die sich da hastig ins Auto zwängten, von denen der eine, der Gleichgültigste unter ihnen, sich als der Chauffeur entpuppte.

Onkel Emil übertrieb vielleicht ein bißchen, wenn er behauptete, daß diese beiden letzten Tage die schlimmsten gewesen seien, die er dort durchgemacht habe, schlimmer noch als beispielsweise die beiden ersten. Schwer, sehr schwer nur war zu sagen, was sie in jenen entscheidenden Tagen empfanden: Freude oder Verzweiflung. Ich glaube, sie wußten es selber nicht. Es war freilich klar, daß sie ein selbstgeschaffenes, sicheres, vertrautes Reich verließen, um in eine vergessene und inzwischen veränderte Welt aufzubrechen, eine vielleicht feindselige und garantiert mit vielen Unbekannten gespickte Welt. Nachdem sie unter unglaublichen Schwierigkeiten eine für den Eigenbedarf bestimmte Geschichte aus dem Boden gestampft hatten, mußten sie nun in die wirkliche Geschichte zurückkehren, vor deren Gesetzen sie sich fürchteten und die zu steuern sie sich nicht in der Lage fühlten. Sie verbrachten diese zwei Tage in einem ziellosen Hin und Her, jeden Gegenstand mit Blicken, zuweilen gar mit den Händen streichelnd und fast ohne miteinander zu sprechen, wie in einer Art Einstimmung auf die Einsamkeit, die sie in jener anderen Welt umfangen sollte, die nicht mehr die ihre war. Am Abend vor der Abfahrt saßen sie lange um ein großes Lagerfeuer herum, das mit immer neuen Scheiten versorgt wurde, da sie nicht mehr sparen mußten, und sie stellten unbeholfen Vermutungen über die Zukunft an und schmiedeten laue Pläne. Einmal nur lebten sie auf, als einer von ihnen – Vater Partenie nämlich, der sich am meisten vor dem, was auf ihn zukam, fürchtete – fragte, ob sie sich vielleicht weigern sollten wegzugehen und verlangen könnten, dort bleiben zu dürfen und ihr selbstgebasteltes Leben weiterzuführen. Einen Augenblick fuhren sie alle miteinander auf, als hätten sie plötzlich Hoffnung geschöpft, doch im nächsten Moment verfielen sie wieder in ihre von altbekannten Argumenten genährte Mutlosigkeit. Denn selbst wenn sie dageblieben wären, stand doch offenkundig, seit die ihnen auferlegte Sperre aufgehoben war, auch den anderen frei, Anspruch auf ihren Grund und Boden zu erheben und ihn zurückzuerobern, so daß ihre Insel automatisch wieder Teil des Kontinents wurde, der auch ihnen seine eigenen Gepflogenheiten und Gesetze aufzwingen würde. Und außerdem, selbst wenn durch irgendein Wunder ihr bisheriges abgeschiedenes Dasein von jedem äußeren Eingriff verschont geblieben wäre, hätte doch schon der Gedanke, daß diese Abgeschiedenheit sich jederzeit in ein Nichts auflösen, daß sie durch eigenen Willen beendet werden konnte, die bisher von Ausweglosigkeit geprägte traute Stimmung gestört. Denn bislang hatte jeder Augenblick, da sie ohnehin nichts zu erwarten hatten, ganz ihnen gehört. In der letzten Nacht hatten sie alle einen unruhigen Schlaf und schreckten dauernd aus bangen Träumen auf, in denen sie Motorengeräusche zu hören vermeinten (selbst die Kinder, die noch gar nichts begriffen, ließen sich von der Aufregung der Erwachsenen anstecken und fuhren mehrmals weinend aus dem Schlaf), und als sie am Morgen die wenigen Sachen, die sie elf Jahre lang gemeinsam benutzt hatten, wie Amulette unter sich aufgeteilt und die Schafhürden und Kaninchenställe geöffnet hatten, bestiegen sie fröstelnd den Lastwagen, einer dem andern plötzlich ganz fremd. Sie wußten, daß sie einander nun nicht mehr helfen konnten.

Ich lese, was ich bisher geschrieben habe, und mich überkommt eine große Müdigkeit. Ich frage mich, ob dies wirklich die Rekonstruktion einer Begebenheit ist, die sich im Bärägan abgespielt hat, oder ob es, da es sich nur um eine Nacherzählung handelt, nicht lediglich eine durch viele Linsen gebrochene – wie weit wohl von der

Realität entfernte? – Darstellung von schon fast un-
kenntlich gewordenen Tatsachen ist. Wenn mein Ge-
währsmann in seinen nostalgischen Erinnerungen bereits eine erste verzerrende Auswahl vorgenommen
hatte, die zudem noch etwas beschnitten wurde durch
eine bedingte Redegewandtheit, wobei dann meine von
wahnhaften Kindheitserinnerungen umnebelte Auffas-
sungsgabe ein übriges tat und meine eigene Wortwahl
die Inhalte noch stärker deformierte, ähnlich wie jede
Abbildung auf einem schräggestellten Bildschirm
zwangsläufig verzerrt wird; wenn es also zu den üblichen Nebenwirkungen von Suggestion und intuitiver
Aufnahme, von Wiedergabe und Weiterverbreitung gekommen war – und anders konnte es gar nicht sein –,
was blieb dann noch übrig von den ursprünglichen Fakten, von dieser im Gestern entschwundenen Welt? Mein
ganzer Bericht ist nichts als der Versuch, eine Realität
nachzuvollziehen, die so unergründlich bleibt wie jedes
endgültig in der Zeit vergrabene Ding. Alles, was ich zustande gebracht habe, ist ein Entwurf der Vergangenheit, der unter den vielfältigen Nachträgen zum Gestern,
wie sie die Geschichte ständig einfordert, seinen Platz
behaupten wird oder auch nicht. Als ich viele Jahre nach
den hier geschilderten Ereignissen den Ort der Hand-
lung aufsuchte, fand ich keinerlei Übereinstimmung
zwischen der ständig von meinem Onkel erwähnten Insel und meinen früheren Vorstellungen. Gewiß, die Gegend hatte sich mittlerweile radikal gewandelt, aber ich
bin überzeugt, daß ich sie auch sonst nicht erkannt und
mit meinen Vorstellungen, die als einziges für mich
zählten, nicht hätte in Einklang bringen können.

Mit Ausnahme von Vater Partenie, der noch jahrelang
in dem Dorf jener unvergeßlichen Hochzeit als Pfarrer
amtiert hatte und voriges Jahr in hohem Alter verstarb,
als er gerade dabei war, seinen Garten umzugraben (eine

Betätigung, auf die er trotz aller ärztlichen Einwände um keinen Preis verzichten wollte), leben die heimgekehrten Helden der Ereignisse alle noch und sind wieder ihrem eigenen Schicksal unterstellt, aus dem sie für ein Jahrzehnt unfreiwillig ausgeschert waren. Der Brautführer ist jetzt Forstbrigadier, Jäger und Angler, zuständig für Jagden und Angeltouren, die entweder auf Betreiben höchster Stellen abgehalten oder vom Reisebüro für valutaträchtige Amateure veranstaltet werden, und außerdem ist er der berühmte Anführer aller Gabenhochzeiten in selbigem Dorf, wo sich fast keiner mehr an die dramatische Hochzeitsfeier vom Anfang dieser Geschichte erinnert. Culai war nicht mehr ausfindig zu machen; er war nicht zurückgekommen, und genausowenig seine Frau, woraus ich nur schließen konnte, daß er bei seinem verzweifelten – und so rührenden – Versuch, sie wiederzufinden, die doch vielleicht schon vor ihm umgekommen war, den Tod gefunden hatte. Überhaupt waren von den seinerzeit deportierten Hochzeitsgästen nur ziemlich wenige zurückgekehrt, und noch weniger von ihnen hatten ein »Inseldasein« hinter sich, wie Onkel Emil es genannt hatte. Der größte Teil, der unter ähnlichen Bedingungen ausgesetzt worden war, war entweder ums Leben gekommen oder aber hatte sich zu retten versucht und die restliche Zeit in weniger großartiger Abgeschlossenheit verbracht. Was unsere Helden angeht, so nahm der Bräutigam wieder seinen Unterricht in naturwissenschaftlichen Fächern auf, und Tante Turica gab wieder Mathematik. Nur Onkel Emil weigerte sich, wie vordem im Fach Geschichte zu arbeiten. Er wurde lieber Unterstufenlehrer und brachte den Kindern das Einmaleins bei und lehrte sie o-i, oi schreiben. Das füllte ihn geistig nur zu einem unbedeutenden Teil aus. In seiner Freizeit beschäftigte er sich ausschließlich mit Gartenbau, was bei ihm fast zur Leidenschaft wurde, nachts aber – zu Zeiten anhaltender Schlaflosigkeit, gegen die kein ärztliches Mittel helfen wollte – las er ohne Unterlaß, unersättlich, aus purem Vergnügen am Lesen und wie in einem Rausch. Er hatte mir mehrmals gestanden, das einzige, was er während dieses langen Abenteuers als unersetzlich vermißt habe, war die Lektüre, doch seltsamerweise nicht als Bildungsmittel; es ging ihm weniger um den Inhalt der gelesenen Bücher, den er sich ja übrigens in Erinnerung rufen konnte, oder den der nichtgelesenen, von dem er schließlich träumen konnte. Was ihm fehlte, war die Operation des Lesens, der Lesevorgang an sich. Die Insel freilich ist noch rundum in seinem Leben präsent. Nicht nur, daß er sie nicht im mindesten zu vergessen suchte, vielmehr hielt er mit allen Mitteln die Erinnerung an dieses archetypische Lebensmuster aufrecht, für ihn eine Grunderfahrung, die er, soweit es ihm die veränderten Umstände erlaubten, immer wieder zu erneuern versuchte. Und mit zunehmendem Alter beschönigte er die schlimmen Leiden jener Grenzsituation immer maßloser und stellte sie dem Durchschnittsleben von heute gegenüber, wobei er unermüdlich und besessen immer phantastischere und idealere Entwürfe der Vergangenheit fabrizierte.

Die Theaterlektion

Zunächst sah das Dorf wie jedes andere aus. Die üblichen aus Ziegelstein gemauerten Häuser mit Vorbauten
aus Betonpfeilern, die üblichen kunstgeschmiedeten
und mit silbrigen Verzierungen versehenen Pforten mit
dem etwas zweifelhaften Hauch von Luxuslimousinen,
die üblichen Weinspaliere, unter denen Tische stehen
und Autos geparkt werden.

Mit mir zusammen war ein ganzes Heer von Männern
und Frauen aus dem Zug gestiegen, beladen mit Ein-
kaufsnetzen voll Brot, Zucker und Mehltüten und Spei-
seölflaschen: die Pendler. Während sie so mit zielsiche-
rem Schritt und müden Gesichtern scharenweise, wie zu
Marschkolonnen aufgereiht, die Chaussee, die Haupt-
straße des Dorfes, hinauftrabten, sahen sie weniger wie
Leute aus, die eilig nach Haus strebten, sondern eher
wie die Teilnehmer eines Schweigemarsches, dessen
Sinn und Zweck ein unausgesprochenes Geheimnis
bleibt. Ich ließ mich von diesem merkwürdigen Demon-
strationszug mitziehen, bis die Demonstranten einer
nach dem anderen wortlos in ihren Höfen verschwanden, und erst als auf der abendlichen Landstraße nur
noch ein einzelnes Pärchen übriggeblieben war, das immer schleppender auf den weniger stattlichen, doch reiz-
volleren Ortsrand zuwanderte, wagte ich, meinen Schritt
zu beschleunigen und sie, die sich verunsichert ein paarmal nach mir umgewandt hatten, zu fragen, ob sie wüß-
ten, wo Familie Ostahie wohnt. Mir schien, als blickten
sie mich eine Sekunde lang verwirrt an – das mußte der
Name oder vielmehr das Wort *Familie* bewirkt haben –,
worauf sich im nächsten Moment ihre Gesichter erhell-

ten und sie wie aus einem Munde »Ach, der Herr Virgil!« ausriefen und mir erklärten, daß ich vom Bahnhof in die entgegengesetzte Richtung hätte gehen müssen. Also durchquerte ich, nun ganz allein, das Dorf noch einmal, an Fenstern vorbei, in denen die Lichter angingen, und vorbei an bellenden Hunden. Auf den zweiten Blick wurde es mir schon langsam vertraut, und wie es sich mir so darbot mit seinen von der Dunkelheit kaschierten Geschmacklosigkeiten und der vom Rauch veredelten Luft, brachte ich ihm nun mehr Sympathie entgegen. Nur gut, daß ich die falsche Richtung eingeschlagen hatte, der Fußmarsch nach der lähmenden Bahnfahrt war mir um so willkommener, als mich der Gedanke, daß er bald zu Ende wäre, nun doch allmählich in Unruhe versetzte und mich daran erinnerte, daß sich die Frage, was ich hier eigentlich suche, nicht mehr beiseite schieben ließ.

Eigentlich suchte ich auch gar nichts. Ich war unterwegs zu einem mir unbekannten Mann, zu dem mich höchst subjektive Beweggründe trieben, eine auf nichts gegründete Ahnung, eine Wißbegier, die selbst nicht wußte, was sie entdecken wollte. Ich bin einer derjenigen, die, weil sie aus diesem oder jenem Grund für etwas Besonderes gehalten werden, zwangsläufig zu Opfern eben des Bildes werden, das sie bei anderen erwecken. Ständig fühlte ich mich – wenn auch bewundert – wie von unzähligen Leuten gehetzt, die mich kennenzulernen suchten oder mir schrieben, nachdem sie mich auf der Bühne erlebt hatten. Seit langem hatte ich mich auch damit abgefunden, dauernd von anderen erwählt zu werden, ohne daß mir dabei noch Kraft und Zeit geblieben wären, selber zu wählen, und nur hin und wieder durchbrach ich diese weibische Haltung durch noch weiblichere Gefühlsausbrüche und Stimmungsumschwünge. Da ich manchmal wochenlang kein Schreiben zu öffnen vermochte, türmten sich die Briefe zu Füßen meines Schreibtisches, und wenn ich mich dann doch dazu durchrang, las ich sie jeweils nicht ohne ein gewisses Schuldgefühl, das sich mittlerweile in mir angestaut hatte und das zudem belastet war durch meinen festen Vorsatz, nicht zu antworten, weil jede Antwort den Beginn einer Korrespondenz bedeutet hätte. Doch dieser Schuldkomplex verlieh der Lektüre einen subjektiven, ja sogar mystischen Beigeschmack und veranlaßte mich – jeweils unverhofft –, manchmal doch zu antworten.

Virgil Ostahies Brief hingegen war anders als alle übrigen, und ich glaube nicht, daß meine verrückte Reaktion, angefangen damit, daß ich bei ihm anrief, bis dahin, daß ich mich in den Zug setzte, eine der üblichen Kapriolen meines Gewissens war. Was mich von Anfang an überrascht hatte, war der besonnene, beinah distanzierte Ton, der ganz und gar nichts gemein hatte mit den mir geläufigen Gefühlsergüssen, und daß selbst Worte der Wertschätzung nicht wie ein Lob, sondern wie ein strenges Werturteil klangen, Richtspruch einer hohen Instanz, die keine Gnade kennt. Im übrigen schloß der Brief nach ein paar Bemerkungen zu meinen Auftritten mit einer kurzen Vorstellung – er teilte mir mit, daß er Genossenschaftsmitglied im Dorf X des Bezirkes Y sei – und mit der Einladung, ihn recht bald, möglichst noch in diesem Winter, zu besuchen, wobei er mich jedoch bat, ihn vorher telefonisch zu benachrichtigen. Merkwürdig: Statt mich darüber zu ärgern, daß er nicht einmal in Erwägung zog, ich könnte die Einladung ausschlagen, ließ ich mich von seiner Selbstsicherheit bestechen und mitreißen. Überhaupt hatte das Ganze seinen Reiz: die sichere Handschrift und dagegen der Ton, der doch nur von einem Alten stammen konnte, dessen eingestandener sozialer Status und höchst intellektueller, nüchterner Stil, seine gebieterisch und ohne

Begründung ausgesprochene Einladung, ja sogar der völlig unbegründete Umstand, daß diese an mich gerichtet war.

Doch hier auf der Landstraße, mitten in einer fremden und dennoch jedem beliebigen Dorf vergleichbaren Ortschaft, hier wurde alles, was zu Hause geheimnisvoll und der Erkundung wert erschienen war, peinlich und lächerlich. Und das um so mehr, als sich bei meinem Anruf, mit dem ich, wie angeraten, meine Ankunft ankündigen wollte, nicht etwa der Absender des Briefes, sondern eine Frau meldete, die, als sie meine Stimme vernahm, in einem mir damals angenehmen, nunmehr jedoch bloß verdächtig erscheinenden Tonfall versicherte, daß ich schon erwartet werde. Sie kam aber weder auf die Idee, den Telefonhörer an denjenigen weiterzureichen, den ich sprechen wollte, noch ließ sie verlauten, daß ihr dies leider unmöglich sei. Immerhin war es nicht das erste Mal, daß ich bereute, mich in eine zweifelhafte Situation begeben zu haben, die außer einem neuen Stück Lebenserfahrung nichts Gutes verhieß, wie ich mir denn auch nicht zum erstenmal sagen mußte, daß ich keines meiner Erlebnisse bereuen dürfte, sofern sie angetan waren, auch nur andeutungsweise einen Eindruck bei mir zu hinterlassen, ein wenn auch noch so unausgeprägtes Zeichen aus einer mir bis dahin unbekannten Welt.

Ich war wohl angekommen. In einem der beiden Häuser neben dem riesigen Nußbaum, den das Pärchen in seiner Beschreibung erwähnt hatte, mußte mein seltsamer Briefpartner wohnen. Aus irgendeinem Grund ging ich auf das belebtere von beiden zu. Es war ziemlich groß, genauer gesagt, langgestreckt, und lag quer zur Straße, so daß sich die hinteren Räume im Dunkel verloren. Über seine gesamte Länge zog sich eine orientalisch anmutende Glaswand, die aber offensichtlich nur dadurch entstanden war, daß man den früheren Vorbau verglast hatte. Mit Ausnahme der jüngsten Häuser, die nach neuerer Vorschrift schon nicht mehr eingeschossig sein durften, war das ganze Dorf in diesem Stil errichtet – eine in anderen Dimensionen und in anderem Material gehaltene Neuausgabe der früheren Fachwerkhäuser mit ihren offenen Holzveranden und ihren zwei, drei Zimmern, rückwärtig gegen den eisigen Winterwind aus Nordost wie gegen die Sommerhitze geschützt und nach vorn mit Blick auf ein paar Quittenbäume, in deren Schutz ewig Schatten und eine unabänderliche Feuchtigkeit herrschten. An die Stelle der Quittenbäume waren jetzt rankende Weinstöcke getreten, die Häuser aber wirkten ein wenig behelfsmäßig, da ihnen die persönliche Ausstrahlung fehlte und es mit ihrer Wohlhabenheit wohl auch nicht so weit her war.

In dem Haus, das ich gerade zu betreten gedachte, brannte in mindestens drei Räumen Licht, und hinter den maschinell bestickten Vorhängen der geschlossenen Fenster bewegten sich allerlei Schatten in einem schier unentwirrbaren Gewimmel. Ich wollte schon rufen, wußte aber nicht genau, nach wem, immerhin war nicht sicher, ob ich hier richtig war. Also begnügte ich mich, mit einem Stein an die schmiedeeiserne Pforte zu klopfen, die einen hohen Ton von sich gab, wie ein beabsichtigtes Alarmsignal. Im Haus schien es allerdings reichlich hoch herzugehen, denn nichts deutete darauf hin, daß man mich gehört hatte und daß sich das Getümmel hinter den Gardinen etwas legen würde. Erst ganz zuletzt, als ich schon beschlossen hatte, es an den Pforten nebenan zu versuchen, hinter denen übrigens durchweg lichtlose Häuser verschanzt lagen, erschien für einen Moment ein leuchtend heller Kopf, oder vielleicht kam es mir in dem aufblitzenden Lichtstrahl nur so vor, und rief mir zu, ich solle warten, worauf er sich eilig nach drinnen verzog und mich noch eine Weile im Dunkeln ließ.

Wenn ich sage, daß ich wütend war, wäre damit noch viel zuwenig von meiner Stimmung wiedergegeben, in der ich diese endlosen zehn Minuten lang da draußen in Dunkelheit und Kälte und vor verschlossener Tür das recht muntere Treiben hinter den Fenstervorhängen mit ansehen mußte. Wenn ich nicht gewußt hätte, daß der nächste Zug erst morgens um achtzehn Minuten nach fünf ging, wäre ich sicher wieder umgekehrt, um mich selber zu strafen und um mich zugleich dieser lächerlichen und absurden Situation zu entziehen, in die ich mich bewußt selber gebracht hatte. Aber ich wußte nun einmal, daß vor Tagesanbruch kein Zug mehr fuhr, und ich wußte auch, daß ich an ebendiesem absurden Erlebnis allmählich Geschmack gewann.

Die Frau oder das junge Mädchen, die für einen Moment den Kopf zur Tür hinausgestreckt und mich warten geheißen hatte, kam schließlich wieder zum Vorschein, doch wie ich sie jetzt im Lichtschein der Fenster herannahen sah, kamen mir Zweifel, ob ich sie dem richtigen Geschlecht zugeordnet hatte, worin ich mir anfangs noch so sicher gewesen war. Der wiegende und unbestreitbar graziöse Gang, mit dem sie auf dem schmalen Betonweg auf mich zukam, wirkte dennoch irgendwie männlich, obgleich ich schwerlich hätte sagen können, worauf sich dieser eher unangenehme Eindruck gründete.

»Ich suche Herrn Virgil Ostahie«, sagte ich statt eines Grußes, noch ehe die Schattengestalt an der Pforte angelangt war, als wollte ich sie für den Fall, daß ich mich geirrt hatte, der Mühe entheben weiterzugehen. Und da sie ohne ein Wort, genauer gesagt mit einem entweder unter Lachen oder Weinen hervorgestoßenen leisen Glucksen, das nicht als Antwort genommen werden konnte, weiterschritt, setzte ich rasch hinzu: »Ich weiß nicht, ob ich hier richtig bin. Man hat mich zwar hierher verwiesen, aber bei dieser Finsternis ...«

Die Dunkelheit war in der Tat so undurchdringlich geworden, daß ich nichts erkennen konnte vom Gesicht dieser Gestalt, die, inzwischen nicht mehr im Lichtkreis der Fenster, nun vor mir stand und mir wortlos die Pforte öffnete, mich lediglich mit einem Wink zum Eintreten aufforderte, sich dann umdrehte, mir vorausging und dabei irgend etwas über die Dunkelheit bemerkte, was ich nicht verstand, so undeutlich klangen ihre Stimme und ihr Gebrabbel. Alles, was ich über diese Stimme sagen kann, ist, daß sie mir keineswegs half, das Geschlecht dieses Jemands zu bestimmen, dem ich nicht allzu überzeugt ins Haus folgte. Im übrigen trug er auch, soweit ich das erkennen konnte, eine merkwürdige Kluft, ein schlotterndes helles Gewand, das bis auf den Boden reichte und das sich, wie ich in Fensternähe gesehen hatte, an den Schultern stark bauschte, als wäre darunter ein Buckel oder sonstwas Rätselhaftes verborgen. Während ich die Treppe hinaufstieg, fragte ich nochmals, ob ich hier Herrn Ostahie antreffen werde, und war mir dabei meiner eigenen Lächerlichkeit bewußt, schließlich war ich, unabhängig von der jeweiligen Auskunft, ohnehin im Begriff einzutreten. Doch auch diesmal war die ungewöhnlich klingende und sehr kurz angebundene Antwort nicht recht zu verstehen. Ich erhaschte nur noch ein ausklingendes *U*, das genausogut zu einem »Nur zu!« wie zu einem »Je, nun« gehören konnte, in beiden Fällen wenig aufschlußreich.

Nun, ich trat ein. Entgegen dem Eindruck von draußen herrschte drinnen eine so schwache Beleuchtung, daß die Zimmerecken in dichtem Dunkel lagen, und dort huschten kaum wahrnehmbar irgendwelche Wesen umher, die, ständig mit irgend etwas beschäftigt, bloß eilig den Lichterkreis in der Zimmermitte durchquerten und dann wieder in dem Gewimmel untertauchten, das ihre wahre Gestalt und Zahl verschleierte. Jedenfalls waren viele, sehr viele Leute in jenem Zimmer, das für ein Bauernhaus viel zu groß war, ja, es waren so viele, daß ich beim Eintreten merkte, wie mein Begleiter nur mühsam die Tür aufzustoßen vermochte, worauf er sich, von mir gefolgt, durch den engen Spalt zwängte, der jeden Moment durch das dichte Gedränge drinnen zugedrückt zu werden drohte.

Knallend schlug die Tür hinter mir zu. Und dieser Knall erst, nur der und nicht etwa der Zeitpunkt, als ich den Brief bekommen oder als ich von zu Hause losgefahren oder als ich an die Pforte geklopft hatte, war für mich der Auftakt meines Abenteuers. Von dem Augenblick an begann ich mich aufmerksam umzuschauen, entdeckungsfreudig und fest entschlossen, mich nicht verblüffen zu lassen. Zunächst bemerkte ich, daß die im Zimmer zusammengepferchte Menschenmenge nicht willkürlich durcheinanderquirlte, sondern um irgendein unsichtbares Objekt kreiste, das von hohen weißen, wie auf Hochzeiten üblichen Kerzen umstellt war. Ich wollte schon den (oder die) danach fragen, der mich hereingelassen hatte – es war ohnehin die einzige Person, der ich gesagt hatte, was ich hier suchte –, aber als ich mich umwandte und ihn ganz aus der Nähe sah, vergaß ich meine Frage, so ungewöhnlich und frappierend wirkte seine äußere Erscheinung. Auf eine Kurzformel gebracht, könnte ich sagen, daß er sich wohl als Engel hatte verkleiden wollen, aber ich merke, daß sich damit nicht im geringsten der Eindruck wiedergeben läßt, den er auf den Betrachter machte, denn ausschlaggebend war, wie grotesk und primitiv er dabei zu Werke gegangen war. Er (oder sie, denn selbst jetzt, bei Licht und aus der Nähe betrachtet, konnte ich nicht feststellen, ob es sich um einen Mann oder eine Frau handelte) war in ein bis auf den Boden reichendes weißes Hemd mit ebenfalls langen und überaus weiten Ärmeln gehüllt, unter dem am Hals und an den Handgelenken ein grobgestrickter, stellenweise aufgeräufelter rustikaler Pullover aus sichtlich kratzigem Material hervorschaute, so daß das durchscheinende, in verschiedenen Höhen mit fein gearbeiteten Spitzenstreifen abgesetzte weiße Gewand zweifellos nur über eine nicht ganz saubere Alltagskluft gestreift worden war. Was ich draußen für einen Buckel gehalten hatte, entpuppte sich als zwei Flügel aus grauer Pappe, die mit Watteflocken und Silberpapierstreifen beklebt und mit Gummibändern an den Schultern befestigt waren. Auf dem Kopf trug er – und vielleicht fiel es deshalb besonders schwer, sein Geschlecht zu bestimmen – eine aus einer Handvoll Wolle zusammengeschusterte schulterlange helle Perücke mit tief ins Gesicht hängenden Ponyfransen, unter denen gerade noch die aufdringlich blau geschminkten Augen hervorschauten, die wie farblos und ausdruckleer wirkten. Ich machte wohl ein so verdutztes Gesicht, daß die sonderbare Gestalt sich bei meinem Anblick verpflichtet fühlte, mit einem übertriebenen Tremolo in der Altstimme, das in ein Wirrwarr von Lauten mündete, zu erklären: »Das ist bei uns so Brauch, unter derlei Umständen …« Und sie machte eine Geste, als wollte sie auf die Menschenmenge oder vielleicht auch nur auf ihre eigene Verkleidung verweisen.

Mir blieb keine Zeit mehr, zu fragen, welche Umstände damit gemeint seien, die Menge entzog mir meinen Gesprächspartner und schob ihn irgendwie respektvoll weiter, will sagen, nicht wie zufällig, sondern als werde er dort in der Mitte des Raumes gebraucht, wo er offenbar eine Rolle zu spielen hatte. Ich mußte wohl alles Weitere abwarten. Von keinem beachtet, wurde ich von der Zuschauermenge, die zum großen Teil genausowenig wie ich mit dem Schauplatz vertraut zu sein schien, nach dem Brownschen Gesetz der Bewegung hin und her geschoben. Ich dachte mir, daß unter diesen Leuten wahrscheinlich auch der war, der mich eingeladen hatte, aber da von denen, die ich sehen konnte, keiner wie der Hausherr wirkte, fragte ich ein kleines Frauchen neben mir, das sich immerzu auf die Zehenspitzen stellte, um mitzubekommen, was innerhalb des Kerzenrings vorging, ob auch Virgil Ostahie hier sei. Doch der beinah unbeschreibliche Blick, den sie mir zuwarf, eine Mischung aus Verwunderung und Spott, aus Neugier, aber auch Schrecken, und ihre ebenso selbstsichere wie rätselhafte Antwort »Wie sollte er denn nicht?« gaben mir zu verstehen, daß ich demnach als einziger nicht begriff, was sich da abspielte, und daß mein geheimnisvoller Briefpartner eine bedeutende Rolle in der ganzen Sache innehatte. Und außerdem entnahm ich dem beredten Blick, daß es für Fragen jetzt zu spät war und daß ich wohl oder übel versuchen mußte, zur erleuchteten Raummitte vorzustoßen, um mir Klarheit zu verschaffen.

Es ging leichter, als ich dachte. Ich hatte sogar den Verdacht, daß man mir unauffällig Platz machte. Während ich gemeint hatte, mich durchkämpfen zu müssen, wichen die Leute von selber zurück, was mich glauben machte, daß ich entweder wirklich erwartet worden war, wenn es mir auch niemand eingestehen mochte, oder aber daß ich derart entgeistert dreingeschaut haben muß, daß die Eingeweihten Mitleid bekamen. Doch bevor ich vorn angekommen war, versperrte mir ein breiter Rücken, so breit und groß, daß ich nichts mehr dahinter sehen konnte, den Weg. Es war ein von oben bis unten schwarz gekleideter Mann, in einem allerdings merkwürdigen Anzug, weder Jackett noch Mantel, sondern in einem durchgehenden Trikot, das sogar von schwarzen Handschuhen, wohl aus demselben Material, komplettiert wurde. (Ich sah nämlich, wie er seinen auffällig langen, in Schwarz gehüllten Zeigefinger hob und ein abwehrendes Zeichen machte, als ich erst rechts, dann links an ihm vorbeizukommen versuchte.) Ein paar Minuten blieb ich brav hinter jener schwarzen Mauer, die sich bei näherem Hinschauen von einem Schlauchgürtel aus Filz durchschnitten zeigte, der schräg von unten nach oben verlief und mit einem schwarzen Pelzbüschel an der gleichfalls schwarzen Schulter besagter Gestalt befestigt war. Ihr ebenso schwarzer, krauser Schopf aber schien nicht aus Haaren, sondern aus einem Stück feingelocktem Fell zu bestehen. Schon bevor er sich zu mir umwandte und mich ansprach, war mir klar, daß es sich um eine genauso im ungefähren belassene und plumpe, beinah kindische Verkleidung handelte wie bei dem Cherub. Übrigens schien er damit gerechnet zu haben, daß mir diese Erkenntnis von selber käme, so daß er sie mir nur nachträglich zu bestätigen brauchte, denn er, der Mann vor mir (diesmal war ich keinen Augenblick im Zweifel, daß es ein Mann war), drehte sich nun um und sagte mit ungewöhnlich rauher Stimme, die wie von Störungen und Eigenschwingungen überlagert zu sein schien: »Ach, Sie sind es? Ich bitte um Entschuldigung. Bitte sehr!«

Er winkte mir auf eine etwas komische und altmodisch ritterliche Art mit der schwarzvermummten Hand, vorzutreten. Und da, als ich diesen einen Schritt nach vorn tat und an ihm vorbei mußte, konnte ich ihn sehen. Es handelte sich tatsächlich um eine Verkleidung, und zwar diesmal als Teufel: auf seinem Kopf saß eine Art Pelzkappe, an der in angemessener Höhe ein Paar spitzer, rot umrandeter Ohren und über der Stirn zwei aus roter Baumwolle leidlich schief zusammengenähte und mit Werg ausgestopfte Hörnchen befestigt waren. Sein Gesicht war dermaßen geschminkt, daß man sich nicht im geringsten vorstellen konnte, wie es wohl im normalen Leben aussehen mochte – die Augen waren dick mit Schwarz betont und durch einen Lidstrich verlängert, die Augenbrauen parallel dazu bis über die Schläfen nachgezogen, der Mund war weit über die Lippenränder mit Rot übermalt und schwarz umrandet, der lächerliche Schnurrbart und ebenso der Kinnbart waren aus ein paar Pferdehaaren zurechtgemacht und beide, Gott weiß wie, auf dem von Farben verschmierten Gesicht festgeklebt. Mir wurde nunmehr klar, daß ich an einem Schauspiel teilhaben sollte, einem Stück Volkstheater in der Art der Weihnachtsspiele etwa, also durfte ich mich freuen, daß ich mich nach vorn durchgekämpft hatte, wo ich alles hören und sehen konnte. Blieb bloß noch festzustellen, aus welchem Anlaß das Ganze stattfand.

Doch ich brauchte nur die Augen auf den Lichterkreis zu richten, zu dem ich dank der altmodisch galanten Geste des vorgeblichen Teufels vorgestoßen war, um endlich zu begreifen, was da geschah. Oder um wenigstens in den Besitz objektiver Daten zur geistigen Weiterverarbeitung zu gelangen. Was ich für einen langen kerzengeschmückten Tisch gehalten hatte (als ich mich zuvor durchs Gedränge geschoben hatte, hatte mir immerzu eine Art Präsidium vorgeschwebt, unter dessen Anleitung die Aufführung wohl stattfinden sollte), war in Wirklichkeit ein Katafalk, zwar auch ein Tisch, doch einer, der mit Blumen überhäuft war, zwischen denen irgend jemand lag, was übrigens nicht so ganz überzeugend aussah. Die ungewöhnlich hohen Kerzen steckten nahe dem Boden in wuchtigen, wie von einem Hufschmied zurechtgehämmerten Eisenleuchtern, und die Anwesenden bildeten, vielleicht aus Respekt, vielleicht aber auch aus Furcht, einen ziemlich weiten länglichen

Kreis, ein beleuchtetes Oval, in dem irgendwelche Gestalten hastig hin und her eilten, die mit irgendwelchen Angelegenheiten und Vorbereitungen beschäftigt waren. Der auf dem Katafalk ruhende Mann war alt, wenn auch ohne jede Spur von Hinfälligkeit in seinem Gesicht, das mannigfach und weise, gewissermaßen methodisch, würde ich sagen, von Furchen durchzogen war, so als hätte jede Runzel einen eigenen Sinn und als wäre jede Falte ein bewußt gesetztes Zeichen. Ich wußte sofort, daß er Virgil Ostahie war, mein rätselhafter Briefpartner. Auf seinem Gesicht zeichneten sich sowohl dieselbe Jugendlichkeit als auch die Abgeklärtheit ab, die schon aus seinem Brief herauszulesen waren, aber auch – was noch unglaublicher war – jenes Bäuerische und Durchgeistigte, was mich von Anfang an verstimmt hatte. So wie sein Kopf unter den riesigen, grellbunten Dahlien hervorguckte, mit den geschlossenen Lidern und dem hohen, kahlen Scheitel, hätte er genausogut zu einem Gelehrten gepaßt, der sich in die Rätsel der Materie versenkt hatte und ganz davon gefangengenommen war, wie zu einem alten Bauern, der ohne Aussicht auf Erfolg einen Prozeß zu führen versuchte, den er, im Widerstreit mit seiner Zeit, bereits verloren hatte. Für mich stand also fest, daß er, der da auf dem mit Blumen überhäuften Tisch lag, mich hergebeten hatte, und seltsamerweise sah ich keinen Widerspruch zwischen jener Einladung, ihn zu besuchen, und dieser theatralischen Totenfeier. Ich will damit sagen, daß mir, auch wenn ich keine einstudierte Darbietung dahinter vermutete, der Gedanke an ein absichtliches Arrangement nicht abwegig vorkam. Dementgegen wollte sich erstaunlich lange nicht die mindeste Regung bei mir einstellen, wie sie doch im Angesicht des Todes hätte aufkommen müssen. Vielleicht hatten die beiden kostümierten Gestalten mir schon genug an Verwunderung abverlangt; vielleicht aber ließ ich mich auch, da die eher neugierig und abwartend als beeindruckt und gesammelt wirkende Menschenmenge rund um den Katafalk keinerlei Trauer zeigte, dazu verleiten, die ganze Szene lieber nicht bis ins letzte deuten zu wollen, sondern geduldig und bereitwillig den Beginn des Schauspiels abzuwarten. Damit möchte ich freilich nicht verstanden wissen, ich wäre von Anbeginn überzeugt gewesen, der zwischen Blumen und Kerzen aufgebahrte Greis sei gar nicht tot, sondern vielmehr, daß ich vor allem den Eindruck hatte, der Tote hier sei nicht das Ausschlaggebende an der Szene und es werde noch irgend etwas anderes, viel Aufschlußreicheres passieren, um dessentwillen ich all meine Sinne anspannen mußte.

Das passierte dann auch. Der als Teufel verkleidete Mann, der mich vorbeigelassen hatte und den ich hinter mir glaubte, trat auf einmal aus einer ganz anderen Richtung in den Kreis (also gehörte er auch zu denen, die fieberhaft mit den letzten Vorbereitungen beschäftigt gewesen waren) und gab ein Handzeichen, als wollte er damit den Auftakt geben oder einen Applaus zum Verstummen bringen. Es applaudierte zwar niemand, doch alle schauten ihn erwartungsfroh an, unerhört gespannt auf sein Wort. Aber er sagte nichts. Und dennoch hatte das Spiel offensichtlich begonnen. Er stand einfach aufrecht und mit irgendwie angestrengt und herausfordernd zurückgeworfenem Kopf im Lichtkegel, und aller Blicke hingen wie gebannt an ihm, kaum daß noch einer vor Aufregung und Spannung Atem zu holen wagte.

Es sah weniger so aus, als warteten die Leute noch auf irgend etwas, sondern eher, als verfolgten sie gerade irgendeinen Vorgang, ein flüchtiges Etwas, das nicht wiederkommen würde und das man also in der kurzen Zeitspanne des Geschehens erfassen mußte. Auch ich musterte nun den so eigentümlich kostümierten Akteur.

Jetzt bewegte er mit einem schwachen Lächeln seinen Kopf sehr sacht, ganz sacht nach links und rechts, wie um zu prüfen, ob er sich vom Sockel seines Halses losschrauben ließe. Aber was er da zu übermitteln versuchte, war mir weitaus weniger interessant als er selber, als seine ganze Erscheinung. Denn in seinem Äußeren, das ich doch erst vor wenigen Minuten zu Gesicht bekommen hatte, war eine unmerkliche, aber grundlegende Veränderung vor sich gegangen. Er war noch genauso gekleidet und geschminkt wie vorher, nichts war hinzugekommen oder verschwunden, und doch machte er einen völlig anderen Eindruck. Zwischen den Einzelteilen seiner Verkleidung und dem Verkleideten selber hatte eine unerwartete Symbiose stattgefunden: er sah nicht mehr aus wie ein Mann in einem langärmeligen schwarzen Trikot und Handschuhen, sondern einfach wie ein schwarzer Mann, dessen Hände, Finger, Beine, Brust und Hals so schwarz waren wie die Nacht, nicht weil sie in irgendeiner Vermummung steckten, sondern weil sie von Natur aus so waren; sein Kopf wirkte nicht wie mit einer schwarzen Pelzkappe bedeckt, sondern wie *überzogen* von einem gekräuselten schwarzen Fell, seiner eigenen Behaarung, die gleich über den Augenbrauen ansetzte und über den Hals bis zum Schulteransatz reichte; und was wie schwarze Striche ausgesehen hatte, wie eine übertrieben und plump geschminkte Maske, hatte sich nun in Gesichtszüge verwandelt, die wie absichtlich vom Schattenspiel des Kerzenlichts vergröbert wurden. Durch diese Anverwandlung der Maske, dieses spektakuläre Verschmelzen mit ihrem Träger strahlte die jetzige Gestalt eine merkwürdige Überzeugungskraft aus, die vom Publikum wie eine Segnung hingenommen wurde. Er sagte immer noch kein Wort, aber seine Gesten wurden weiter, und unter den gespannten Blicken der Zuschauer kam ein Mittelding zwischen Pantomime und Ballett zustande, das vom Publikum anscheinend weniger als eine leicht artistische Nummer, sondern regelrecht als eine präzise Botschaft aufgefaßt und verstanden, von Fall zu Fall in einigen Passagen gebilligt, in anderen auch abgelehnt wurde. So brach einmal stürmischer Beifall los, ohne daß irgend etwas Besonderes geschehen war – die Teufelsgestalt hatte ihre Ellbogen und Schultern in einer Weise bewegt, die mir gar nichts sagte –, ein andermal gerieten alle Anwesenden ohne ersichtlichen Anlaß (der Künstler, denn seit der stattgehabten Verwandlung betrachtete ich ihn als einen echten Künstler, von dem sogar ich noch etwas lernen konnte, vollführte jetzt schneller und schneller weiterhin seine Verrenkungen und verdrehte zudem recht furchterregend und geheimnisvoll die Augen, so daß hin und wieder das bläuliche Weiß seiner Augäpfel zum Vorschein kam) in Aufruhr und redeten durcheinander: »Das stimmt nicht? Das ist eine Beleidigung! Er will uns beschimpfen!«, worauf sich aber alle wieder wie von selbst beruhigten und unter derselben fast hypnotischen Anspannung jede Geste jenes Mannes verfolgten, der sie offenkundig damit ansprach.

Ich begriff natürlich überhaupt nichts und begann mich zu langweilen, bis mir auf einmal irgendwer einen Stuhl brachte, obgleich alle anderen standen, und das in den unbequemsten Haltungen und auf engstem Raum. Da kam mir der Verdacht, daß nicht nur die Pantomime des Teufels vor der Leichenbahre zum Spiel gehörte, sondern auch alles übrige: das gebannte Publikum, das Gedränge, die Zwischenrufe, der Beifall und die Leichenbahre selber, während ich bloß Zuschauer blieb.

Als endlich Schluß war, tauchte der Akteur in der Menge unter (später sollte mir klarwerden, daß er im Grunde einfach nur ein paar Schritt aus dem Lichterrund zurückgetreten war). Niemand klatschte Beifall, wie es sich am Ende einer wie auch immer gelungenen Nummer gehört hätte, sondern alle fingen an zu reden, als besprächen sie eine ungeheuer wichtige Mitteilung.

»Das ist normal.«

»Anders konnte es gar nicht sein.«

»Schließlich haben wir es alle geahnt.«

»Und doch, wer hätte gedacht, daß das dahintersteckte.«

»Wozu sich wundern, es hat schon Schlimmeres gegeben.«

»Er wirkte aber so anständig.«

»Wer wirkt heutzutage nicht anständig.«

Und wieder schoß mir für den Bruchteil einer Sekunde durch den Kopf, die ganze Vorführung sei ausschließlich für mich bestimmt, nur daß ausgerechnet ich – welch ein Witz! – nichts damit anzufangen wußte. Ohnedies ließen meine Neugier und Entdeckerfreude nach, je stärker mich die Müdigkeit packte. Und da sich niemand weiter von der Anwesenheit des Toten berührt zeigte, ließ auch ich mich von einer derartigen Gleichmut anstecken, derer ich mich nie für fähig gehalten hätte. Zugleich aber kamen mir, da ich mir dieser unnatürlichen Gefühlskälte bewußt war, unliebsame, doch wenig nachhaltige Gewissensbisse, was in Verbindung mit meiner unterschwelligen Gleichgültigkeit ein ausgesprochenes Unbehagen bei mir auslöste, einen Ärger auf mich selbst, der sich vermutlich erst legen würde, wenn ich aus dieser ganzen Affäre wieder heraus war, die man mit Bedacht um mich herum ins Werk gesetzt hatte.

Die Zuhörerschaft hatte sich wieder beruhigt und schien nun auf die zweite Programmnummer zu warten, die auch nicht lange darauf begann und die, wie vorauszusehen war, vom Engel bestritten wurde. Dieser war erschienen, ich hatte nicht aufgepaßt woher, und hatte denselben Platz wie sein Vorgänger eingenommen, wobei er so tat, als konzentriere er sich auf seinen Auftritt oder als wartete er bloß darauf, daß Ruhe einträte. Ich sah ihn an und bemerkte sofort – was mich an dem anderen noch verblüfft hatte, nun aber keine Neuheit mehr war – eine ähnliche Verschmelzung mit seiner Maske. Während mir seine Gestalt bei der ersten Begegnung noch grotesk vorgekommen war, konnte ich jetzt nichts Lächerliches mehr an ihm finden. Das Blondhaar (wie war ich nur darauf gekommen, daß es sich um eine Perücke handeln könnte?) hing glatt herunter und ringelte sich nur in Schulterhöhe zu einer sanften, lichten Welle über der weißen Robe, die in dichten, wohlgeordneten Falten bis auf die Erde fiel, so daß sein Körper gänzlich verhüllt war und dennoch sehr schön zur Geltung kam. Der Engel hob an zu singen, und seine Stimme, deren übertriebenes Tremolo und eher instrumentaler Klang (Klarinette oder Cello) mich beim Sprechen unangenehm berührt hatte, ertönte nun mit so wunderbarer, freilich etwas eigenartiger, aber um so berückenderer Gewalt, daß sich die Ziertücher an den Wänden wie unter einem leichten Luftzug bauschten und die Fenster zart dazu klirrten. Er trug etwas Ähnliches wie ein Rezitativ vor, jedenfalls schien der Text eine wichtige Rolle zu spielen und einen genauen Sinn zu haben, die Musik aber wirkte wie extra dafür gemacht, die Schönheit und Kraft der Stimme zur Geltung zu bringen. Anfangs gab ich mir gar keine Mühe, die Worte zu erfassen, so sehr war ich von der schönen Stimme erfüllt. Ich starrte den Sänger an und fragte mich abermals, ob er wohl Mann oder Frau war, doch nicht mehr so verstört wie bei meiner Ankunft, als ich ihn mal dem einen, mal dem anderen Geschlecht zugeordnet hatte, sondern im Gegenteil erfreut, daß er offensichtlich keinem von beiden angehörte. In seiner Schönheit lag etwas, was sich nicht einordnen ließ, eine Kombination von Elementen ungewöhnlicher Variationsbreite, in der sich eine eindeutig feminine Anmut mit männlich herben Linien und einer klaren, jugendlichen Zartheit paarte. Erst jetzt fiel mir auf, daß das, was ich für blaue Lidschatten gehalten hatte, lediglich ein seltsamer Abglanz der übergroßen blauen Augen war, die so intensiv strahlten, daß man sich fragen mußte, ob sie zum Sehen dienten oder ob sie überhaupt sehen konnten. In ihnen lag eine so nach innen gekehrte Konzentration, eine so von der ganzen Umgebung losgelöste Freude, daß mich nicht gewundert hätte, wenn sie blind gewesen wären. Ich schaute den Singenden an und war auf einmal froh, daß ich in dieses Dorf gekommen war, daß ich zudem auf einem Stuhl saß, mitten unter Fremden, neben einem Toten, mit dem mich nichts verband, und daß ich dieser Stimme lauschen durfte, für die es weder Schmerz noch Einsamkeit gab. Ich wäre unsagbar glücklich gewesen, wenn ich gewußt hätte, daß mir in meinem ganzen Leben auch nur einen einzigen Augenblick lang beschieden sein würde, eine so klare, eindringliche und damit schon unerreichbare Empfindung wecken zu können, und sei es auch nur bei einem einzigen Zuschauer. Dann und wann, bei den hohen Noten, schien der Sänger den Brustkorb voll Luft zu pumpen, und dabei schlugen seine Engelsflügel halb auseinander, als wollten sie dadurch den Tönen in himmlische Höhen verhelfen. Mir fiel ein, daß ich bei meiner Ankunft gemeint hatte, sie seien aus Pappe und Wattebäuschen gemacht; in Wahrheit aber waren sie gekonnt aus langen, mattglänzenden Federn zusammengesetzt, zwischen denen da und dort ein zarter Flaum hervorschaute, so weiß, daß er im Dämmerlicht des Zimmers zu strahlen schien. Angeregt von der so ganz anderen Spannung der übrigen Zuhörer – einer sachbezogeneren, konkreteren Aufmerksamkeit –, suchte ich außer der schönen Melodie und Stimme nun auch den Text zu erfassen. Das war gar nicht einfach. So wie häufig bei Opernsängern, die stärker auf die gesungenen Töne als auf die einzelnen Silben achten, wurden die Worte zu einem nahezu flüssigen Brei, flossen eine ins andere über, und nur selten tanzte mal eines aus der Reihe, wie ein Tropfen, der durch irgendeinen Zufall über die Wasseroberfläche hinausgeschleudert wird. Obwohl ich keinen Zugang zu der Klangmasse fand, aus der die einzelnen Ausdrücke auftauchten und in der sie unerkannt wieder verschwanden, vermochte ich doch von Zeit zu Zeit einen davon aufzuschnappen. Doch das kam ziemlich selten vor. Trotzdem versuchte ich, die paar Worte, die der Melodie entschlüpften und an mein Ohr drangen, zu behalten und, wenn auch willkürlich, in eigener Regie eine Beziehung zwischen ihnen herzustellen. Es waren nicht viele, und vor allem schienen sie nichts miteinander gemein zu haben: *Lazarett, Zuhause, betroffen, spät, Schilf*, Meer, Strafe, abgeholt, Kochgeschirr, warum.* Die Frage *Warum?* tauchte in dem Rezitativ immer wieder auf, ohne daß mir klar wurde, worauf sie sich bezog und ob sie immer dasselbe meinte oder jedesmal auf etwas anderes abzielte. Jedenfalls kamen diese zwei fragenden Silben am Ende immer wieder, unaufhörlich und immer höher, in extrem hohen Tönen, die anscheinend nicht eher verklingen wollten, bis sie irgend etwas in der verknöcherten Weltordnung gesprengt hatten. Als der Sänger schließlich verstummte, war mir, als wäre plötzlich einer der Auflagepunkte des Zimmer weggerutscht, wodurch wir in eine starke Schräglage kippten, ohne jede Aussicht, wieder ins Gleichgewicht zu kommen. Ich hatte das Gefühl, etwas ganz Entscheidendes für meine künstlerische Zukunft mitzuerleben. Mir schien, als seien mir eine Lektion in

---

* Anspielung auf die Schilfgebiete im Donaudelta, in denen sich Straf- und Arbeitslager befanden

Sachen Theater und ein Geheimnis offeriert worden und als müsse ich nun bloß geduldig abwarten, bis sich mir beider Sinn erschlösse.

Auch diesmal gab es keinen Applaus, sondern nur ein geschäftiges Rascheln, ein Gewisper von Stimmen, die in ehrfürchtigem Ton flüsterten: »Zur Seite.«

»So, noch ein bißchen.«

»Denkt an das Fenster, macht das Fenster auf.«

»Jetzt passiert's, bitte nicht drängeln.‹

»Nur noch ein wenig Geduld, ein klein wenig Geduld.«

»Ruhe.«

Das Publikum geriet in Bewegung, trat beiseite und bildete eine eigenartige Gasse zwischen dem Fenster und der Stelle, wo der Sänger mit den wie blinden, leeren blauen Augen und mit seinem tadellos gefälteten, bodenlangen Gewand unbeweglich und gedankenverloren stand. Nachdem der letzte Laut und das allerletzte Rascheln verklungen waren, verharrte er noch ein paar lange Sekunden regungslos, so als ginge es hier nicht um ihn und als stünde er keineswegs im Mittelpunkt gespannter Erwartung, dann breitete er, noch immer wie abwesend, seine unvorstellbar großen Flügel aus, und als stürzte er sich kopfüber in ein Schwimmbecken, setzte er sich – horizontal, würde ich sagen, sofern Worte bei einem derartigen Vorgang überhaupt noch etwas zu suchen hatten – mit einem kurzen Schwung, einer schräg ansetzenden leichten Drehung in dem Durchgang zwischen den Leuten in Bewegung und entschwand in dieser absonderlichen Liegestellung durchs Fenster. Als er draußen war, drängten die Zuschauer, als sei endgültig Schluß, zum Ausgang, ohne sich noch zu irgendeiner Bemerkung herbeizulassen, allesamt auf einmal in Eile und müde oder – wer weiß? – von dem Wunsch beseelt, mit den eigenen Gefühlen allein zu sein. Keiner, aber absolut keiner warf noch einen Blick auf den Katafalk, keiner machte sich noch die Mühe, das sperrangelweit offen stehende Fenster zu schließen, durch das die beinah eisige Herbstnacht hereindrang und die Kerzenflammen zum Flackern brachte.

Ich rührte mich nicht von meinem Stuhl. Wohin hätte ich auch gehen sollen. Außerdem hatte ich das Gefühl, daß erst von jetzt an mein Ausflug einen Sinn bekam. Ich möchte nochmals betonen, daß ich nicht mit Ahnungen und Vorgefühlen großzutun pflege. Ich bin in jenes Dorf gekommen, dessen Namen ich nicht einmal behalten habe und den ich auch schwerlich in meinen Aufzeichnungen von damals wiederfinden würde, und ich habe dort eine verrückte, beinah unglaubliche Nacht verbracht, nicht weil ich mich von Vorgefühl und Ahnungen, sondern von einer gewissen Veranlagung hatte leiten lassen, immer bedingungslos zu akzeptieren, was mir das Schicksal ohne weitere Erklärungen vorzugeben schien. Doch nachdem ich nun einmal dorthin gelangt und mich in eine Sache gestürzt hatte, zu der mich kein logischer Beweggrund getrieben hatte, konnte ich nicht den Rückzug antreten, ohne mich ihrem tieferen Sinn zu stellen, konnte nicht gedankenlos meiner Wege ziehen, wie schließlich keine Armee beim Vormarsch auf fremdem Territorium auch nur eine einzige Festung umgeht. Alles, was bislang geschehen war, sollte mir anscheinend bloß eine erste Vorstellung von den Hintergründen meiner Reise vermitteln, ein paar Anhaltspunkte, die einfach da waren, wenn auch aus so unerfindlichen Gründen, die mich dadurch mit der Umgebung vertraut gemacht, mir Selbstsicherheit eingeflößt und mich auf alle möglichen Dinge vorbereitet hatten, die noch kommen sollten.

Ich stand auf und ging, das in den Angeln quietschende Fenster und die angelehnte Tür zu schließen, die bei jedem Windzug ein klägliches Pfeifen von sich gab. Eine lahmende Katze mit zerfetztem Ohr, doch mit wachen, klugen Augen strich an mir vorbei, ohne mich eines Blickes zu würdigen. Als ich mich wieder an meinen Platz begab, saß Herr Ostahie auf dem Bettrand (mir war unklar, wieso ich den ganzen Abend geglaubt hatte, es sei ein Tisch) und streichelte mit der einen Hand der Katze den Kopf, während er mit der anderen sein vom Liegen steif gewordenes Knie massierte. Wie ich so auf ihn zutrat, musterte er mich mit vertraulichem und väterlichem Blick, dem allerdings ein gewisser maliziöser Zug nicht ganz abging. Oder vielleicht kam es mir nur so vor. Als er mich ansprach, klang seine Stimme überaus traurig und matt, so traurig und matt wie nach Erledigung einer allerletzten Pflicht.

»Ich danke Ihnen, daß Sie gekommen sind«, sagte er zu mir, »und ich bitte um Entschuldigung, wenn Ihnen das Stück, das wir für Sie aufgeführt haben, übertrieben vorgekommen ist. Doch ich hatte Ihnen so viel zu sagen, und das war so schwer, daß ich mir unsicher war, ob ich es allein schaffen würde. Da habe ich gedacht, bei Ihrem Beruf könnte ich vielleicht auf diesen Brauch zurückgreifen.«

»Welchen Brauch?« fragte ich beinah unwillkürlich, und in seinen Augen glomm gereizte Verwunderung auf, die aber gleich wieder zugedeckt wurde von einer aufkommenden Spannung in seinem Blick.

»Den uralten Brauch, wonach bei der Totenwache zwei in einen Engel und einen Teufel verkleidete Leute die guten und die bösen Taten des Toten zu besprechen haben. Kennen Sie diesen Brauch denn nicht?«

»Nein«, sagte ich und merkte im selben Moment, daß ich das nicht hätte zugeben sollen.

»Sie haben also von Anfang an überhaupt nicht gemerkt, worum es geht?«

»Nein«, sagte ich abermals, wohl wissend, daß ich besser nicht auf diesen Irrtum hätte eingehen sollen.

»Das tut mir wirklich leid«, sagte er. »Ich dachte, Sie sind mit dem Volkstheater vertraut.« (Und es war nicht ganz klar, was ihm daran leid tat: daß er dieses obskure Schauspiel in Szene gesetzt hatte, dessen ich mich nicht würdig erwiesen hatte, oder einfach, daß er mich überschätzt hatte, als er mich einlud.) »Hauptsache, Sie haben es am Ende doch verstanden«, fügte er nach kurzem Schweigen hinzu und blickte in frischer Zuversicht zu mir auf. »Ich mußte es Ihnen doch irgendwie begreiflich machen.«

»Was?« wollte ich schon fragen, doch unerklärlicherweise blieb diese eine Silbe unausgesprochen an meinen Lippen hängen.

»Ich war mit Gheorghe sechs Jahre zusammen, zuletzt in Salcia, und ich habe ihm versprochen, Ihnen alles zu erzählen, falls ich Sie einmal kennenlernen sollte.«

»Was?« wollte ich abermals fragen, brachte jedoch nur ein heiseres Gurgeln heraus. Daß der Name meines Vaters gerade in dem Moment fallen mußte, als ich am allerwenigsten begriff, verlieh unserem gegenseitigen Mißverstehen eine tragische Dimension.

»Ich habe sehr lange überlegt, bis ich mich entschloß, Ihnen zu schreiben, und erst recht, als Sie mir telefonisch Ihre Zusage gaben. Glauben Sie mir, dies war die beste Lösung.« (Und wieder wußte ich nicht, ob er damit seine Einladung meinte oder die Vorführung, die mir so dunkel etwas nahegebracht hatte.)

»Und Sie«, setzte ich verzweifelt an, »haben Sie mir denn nichts zu sagen? Vielleicht habe ich nicht richtig verstanden, vielleicht hat sich irgendwo ein Fehler eingeschlichen. Erzählen Sie mir von meinem Vater!«

»Oh, das könnte ich nicht besser, als die beiden es getan haben, da dürfen Sie sicher sein. Und ich bin auch sehr müde. Es war ein schwerer Tag für mich.« Und er lächelte mir zu, als hätte er mir einen Jux erzählt. Doch als er meine Verwirrung bemerkte, fügte er wie zum Trost hinzu: »Außerdem bin ich ein schlechter Erzähler.« Dann stand er auf.

»Nein«, rief ich und sprang ebenfalls vom Stuhl hoch, »so kann ich nicht abfahren. Wie haben Sie dort gelebt? Wie gearbeitet? Worauf habt ihr geschlafen? Was hattet ihr zu essen? Worüber habt ihr geredet? Wie war denn mein Vater? Ich bitte Sie, ich flehe Sie an, ich war doch fast noch ein Kind, als er weg mußte, ich kann mich weder an ihn erinnern, noch weiß ich etwas über ihn. So kann ich nicht abfahren.«

»Sie sind aber ein komischer Vogel«, sagte der Alte – auf einmal merkte ich, daß er ungeheuer alt war –, und die Silben wollten ihm nur schwer von den Lippen, derweil er sich wieder auf den Bettrand zurückfallen ließ. »Wozu das Ganze noch einmal von vorn durchkauen? Übrigens könnte ich das auch nicht.« Und ohne sich weiter von meiner Anwesenheit stören zu lassen, streckte er sich wieder zwischen den Blumen aus und schloß die Augen.

»Sind Ihnen die Blumen nicht lästig?« fragte ich ihn, wohl wissend, daß ich verspielt hatte, und doch auf einmal um den Alten besorgt. »Ich kann sie doch beiseite tun.« Er aber wehrte, ohne sich zu rühren oder die Augen aufzuschlagen, mit einer kaum merklichen Geste ab. »Ist Ihnen nicht wohl?« fragte ich weiter, da ich nicht wußte, was tun. Er aber gab mir, unter geschlossenen Lidern mit den Augäpfeln rollend, neuerlich zu verstehen, daß es ihm keineswegs schlecht ginge, und ich begriff auf wundersame, absurde Weise, ohne irgendeinen Anhaltspunkt dafür zu haben, daß er glücklich war und sich sehr wohl befand. Später, auf dem Bahnhof, oder lange danach, heute noch, habe ich mich oft gefragt, was mich damals bewogen hatte, zu glauben, der alte Ostahie sei glücklich und wohlauf gewesen, doch obgleich ich keine Erklärung dafür zu finden vermag, halte ich an meinem damaligen Eindruck fest, unter dem ich dann auch zur Tür schlich, in die schneidende Luft der schwindenden Nacht hinaustrat, zur Pforte und anschließend zum Bahnhof tappte und abzufahren beschloß, diesmal überzeugt, daß das Ganze zu Ende war, und zwar genau so, wie es hatte zu Ende gehen müssen.

Als ich schon alle Hoffnung aufgegeben hatte, fand ich dann doch den Bahnhof, nachdem ich gewissermaßen aufs Geratewohl durch den dichten Nebel geirrt war, der sich bei Tagesanbruch wie Wolle über das Dorf gelegt hatte. (Oder vielleicht war es noch gar nicht Tagesanbruch, und die weißen Schwaden hatten bloß die Dunkelheit zerfasert und so den Anschein erweckt, daß es tagte.) Der Wartesaal war eiskalt und leer, und die nackte Glühbirne, die hoch oben an der von Fliegendreck übersäten Decke baumelte, ließ ihn noch verlassener aussehen. Eine ganze Weile, vielleicht eine Stunde lang, war ich allein und starrte auf den Bahnbeamten hinter dem Schalterfenster, der am Tisch eingeschlafen war, den Kopf zwischen die Arme gelegt und darüber irgendwie komisch und ostentativ das Uniformkäppchen plaziert, wie um anzuzeigen, wo sich da ein Mensch befand. Von Zeit zu Zeit brabbelte der Fernschreiber wie im Schlaf vor sich hin, und die Kontrollgeräte zeichneten irgendwelche selbsttätigen Schaltungen und metallischen Echos auf. Diese technisierte und doch verschlafene Atmosphäre, diese von pyhsikalischen Gesetzen regierte Stille wie auch der Anblick des Schläfers, der eigentlich Aufsicht zu führen hatte, erwärmten mich und gaben mir in jener dunklen Stunde erstaunliche Kraft. Dann füllte sich der Wartesaal allmählich mit fröstelnden Leuten, denen noch der Schlaf in den Gliedern steckte. Sie trugen eine ganz typische Kluft, die nichts mehr von einer ländlichen Tracht hatte, sondern in einer eigentümlichen Zusammenstellung von Elementen der städtischen Bekleidung bestand. Die Frauen hatten ausnehmend häßliche Kattunröcke an, einfach geschnitten und in kraftlosen Farben, darüber trugen sie eine Art dunkler Männerwesten, und um den Kopf hatten sie sich Tücher aus grobem Stoff, Leinen oder Seide gebunden, je nach ihrer mehr oder minder eleganten Garderobe. Die Männer trugen Hosen und Mäntel aus verschiedenem Material und steckten in Pullovern, die entweder handgestrickt waren oder aus Verkaufsbuden stammten, wie man sie rund um die ländlich orientierten Märkte fand. Auf die Weise war ein Bauer, gleichgültig in welcher Gegend der Stadt, jederzeit an seiner Kleidung zu erkennen, so daß man eigentlich von einer neuen, ebenso spezifischen Bauerntracht sprechen konnte.

Der Zug mußte in wenigen Minuten einlaufen, der Schalter wurde geöffnet, und eine Frau, halb noch im Schlaf und das Haar hastig unters Käppi gestopft, fragte, ob jemand einen Fahrschein wolle. Ich war der einzige. Die anderen hatten Zeitkarten, sie waren Pendler. Wir stiegen zusammen in den Zug, und, merkwürdig, als alle Leute im warmen Wagen saßen, schienen sie auf einmal munter zu werden, man redete über dies und das, auch ich wurde freundlich mit einbezogen und gefragt, woher ich komme und was ich in ihrem Dorf gewollt habe. Ich gab zur Antwort, daß ich bei Herrn Ostahie gewesen sei. Da wurde es für einen Moment still, und eine Fau neben mir sagte, als entledige sie sich damit nur einer überfälligen Pflicht: »Ich habe schon davon gehört. Gott sei ihm gnädig.«

Worauf ich eilig widersprach: »Nein, er ist gar nicht tot, das war doch nur Theater.«

Im gleichen Moment jedoch merkte ich, daß sich alle zu mir umwandten und mich äußerst forschend musterten, und ich sah ein, daß ich ihnen in der verbleibenden halben Stunde nicht alle Vorgänge der vergangenen Nacht und deren letzten Sinn würde erklären können, und selbst wenn ich es mir wider alle Vernunft zugetraut hätte, hätte mir doch keiner geglaubt. So wollte ich aufstehen und in einen anderen Wagen gehen, doch da hielt der Zug gerade auf irgendeinem Bahnhof, eine neue Welle von Pendlern überflutete die restlichen Stehplätze, so daß ich mich wieder setzen und mir, von niemandem beachtet und auch ohne einen weiteren Zwischenruf zu wagen, die Geschichte vom Leben und Tod des Virgil Ostahie anhören mußte.

Es war wie bei einem Bilderrätsel in einer Zeitschrift, mit dem ich nicht auf Anhieb fertig geworden war und dessen Auflösung ich nun erst auf der letzten Seite fand. Natürlich blieb noch fraglich, ob nicht auch jene letzte Szene nur eine einzelne Episode aus einer Fortsetzungsreihe war, die man mir zuliebe veranstaltet hatte, eine letzte Episode, in der mir, falls ich immer noch nicht verstanden haben sollte, alles eingängig und kindgemäß erklärt wurde. Und nur dadurch, daß die Erzählung zuweilen von zweifelhaften Gestalten unterbrochen wurde, die sich mit Ellbogen durchs Gedränge kämpften und Kaugummi zum Verkauf anboten, bekam dieser bald uferlose Traum einen Abglanz von Wirklichkeit.

Inhalt